ダ・ヴィンチと僕の時間旅行

花夜光

講談社X文庫

ダ・ヴィンチと僕の時間旅行

イラスト／松本テマリ

目次

1　災難は突然に

『受胎告知』という柏木海斗が大好きな絵画がある。大天使ガブリエルが聖母マリアのもとを訪れ、聖なる神の子を授かったと告げる絵だ。多くの絵描きがこのタイトルで描いているが、中でも有名なのはレオナルド・ダ・ヴィンチによるものだろう。気品に満ちた聖母マリアの美しさ、大天使ガブリエルの存在感、風景のリアルな描写、レオナルド・ダ・ヴィンチの傑作と評されている。

海斗は今、その絵画の前に立っていた。

（俺にも誰か、お告げくれないかな）

ぼんやりと絵を見ながら海斗はそんなことを考えていた。海斗は十八歳の男子高校生だ。現在進むべき方向を見失い、無為に日々を過ごしている。自分にも大天使ガブリエルが現れて、何か重要な任務を与えてくれたらいいのにと埒もないことを考えた。

「実物はでかいんだねー」

隣に立っていた妹の麗華が感嘆して言う。今年中学三年生になった麗華は、海斗と違って芸術にあまり関心がない。頭にあるのはこの後行くレストランとショッピングのことだけだ。日本人の父親とイタリア人の母親から生まれたせいか、兄の目から見ても綺麗(きれい)な顔立ちをしていて、小さい頃から周囲に甘やかされて育った。おかげですっかりわがまま娘だ。

「ねぇ、もー行こうよ。お腹(なか)空いちゃった」

海斗が絵を眺めている横で、麗華は腹を押さえて空腹アピールしている。夏休みにイタリアに旅行をすると聞き、ウフィツィ美術館に行きたいと言い出したのは海斗だ。海斗は絵画が好きで、特にルネサンス時代の芸術家に惹(ひ)かれている。

フィレンツェには母の生家があり、小さい頃から何度か訪れているが、中学校に上がってから部活が忙しくて足が遠のいていた。部活を引退した高校三年生の夏、海斗は数年ぶりにイタリアに来た。せっかくのイタリア旅行だ。好きな絵を見て心を癒(い)やしたい。レオナルド・ダ・ヴィンチは何度見ても圧倒される、真の天才だと海斗は思っている。

「俺はじっくり見たいの。大体、麗華。ダイエットしてたんじゃなかったのか？」

腕にまとわりつく麗華の額を小突き、海斗は呆(あき)れて言った。

「えー、そういうこと言う？　旅行のためにダイエットしてたんだからいいの」

麗華はおかしそうに笑って海斗に身体(からだ)をぶつけてきた。美術館では静かにしてほしいのだが、天真爛漫(てんしんらんまん)な麗華には通用しない。

「分かったよ、しょうがないな」

　隣でずっとピザやパスタ、ジェラートの話をされては集中できない。海斗はやれやれと肩をすくめて『受胎告知』の前から離れた。やったと麗華が小躍りして腕を組む。そもそも妹と美術館に来たのが間違いだった。父と母は家でのんびり過ごすと言って、兄妹（きょうだい）二人で出かけることになったのだ。

「お兄ちゃんってさー、イタリアに来ると馴染（なじ）んでるよねー」

　ウフィツィ美術館を後にして、麗華と二人でフィレンツェの街を歩き始めると、しみじみとした口調で言われた。八月のフィレンツェは汗ばむ陽気だ。真っ青な空に中世の頃を色濃く残した街並み、多様な人種、六年ぶりに訪れたフィレンツェには懐かしさを覚えた。フィレンツェのいいところは古い時代の建物や芸術品がたくさん残っていることだ。

「意外と覚えてるもんだな、イタリア語」

　海斗も苦笑して言う。母親似と言われるだけあって、海斗は顔立ちがイタリア人っぽい。歩いていると観光客らしき人に道を尋ねられることもしばしばだ。

「背が高くてかっこよくって、イタリア語もペラペラだし、お兄ちゃんは麗華の王子様だよ」

　麗華は半分からかい口調で笑っている。麗華は小さい頃から海斗にべったりで、今は海斗と同じ高校に通うと猛勉強中だ。偏差値が足りないし、麗華が受かっても自分は卒業するのだから意味はない気はする。

「王子って。うち中流家庭ですけど」

海斗が笑って言い返すと、麗華が指を横に振る。

「お母さんが言ってたよ。もしかしてお母さんの先祖はメディチ家だったかもしれないって。メディチ家ってすごいお金持ちだったんでしょ?」

「母さんのホラ話を真に受けるなよ。おばあちゃんちもどう見ても中流家庭だろ」

祖母の家を頭に浮かべ、海斗は苦笑した。夢見がちな母は、しょっちゅう妄想を垂れ流している。母としてはいつか家族でイタリアに住みたいようだが、海斗は日本の暮らしが長いので日本の大学に進学するつもりだった。とはいえこうして芸術の残る街並みを見ていると、この国に永住するのもいいなと思った。海斗も自分の見た目がイタリア人っぽいのを自覚している。新しい人と知り合うたびに国籍を聞かれるのは、本当に面倒くさいのだ。

「それにしてもお兄ちゃんとイタリアに来れてよかったぁ。お兄ちゃんにとっては残念なんだろうけど」

ヴェッキオ橋に近いレストランで食事を終えた後、ジェラート屋で買ったジェラートを頬張(ほおば)りながら麗華が言う。ちくりと胸が痛んで、海斗は空を仰いだ。

高校最後の夏、海斗はフェンシング部の部長として大会に全精力を注ぎ込むつもりだった。そのために高校は大学付属のところを選んだくらいなのだ。ところが春先に練習のし過ぎで疲労骨折になり、治療が間に合わないことから大会前に引退を決めた。いつまでも三年生が残っていては後輩によくないと思ったからだ。

フェンシングに出会ったのは中学生の時。オリンピックで活躍する選手を見て、何て美しい競技だろうと胸を熱くさせた。もともと身体能力には自信があった海斗は、惰性でやっていたサッカーをやめてフェンシングに転向した。始めて二年目で全国大会に出て、強化選手にも選ばれたほどだ。だが、将来に亘ってフェンシングをやり続ける気がなくなり、疲労骨折で引退を考えた時にフェンシングはすっぱりやめた。

高校生最後の夏は、思いがけずゆったりとイタリアで過ごすことになった。怪我した足のほうはだいぶ良くなり、走っても問題ない。

「お兄ちゃん、本当にフェンシングやめちゃうの？　あんなに強かったのに、もったいない」

アルノ川を横目で見ながら麗華に言われ、海斗は麗華のジェラートを一口もらって笑った。自分のフェンシングの能力は上の下。素人よりは上手いが、一流選手になれるほどではない。それを痛感した時、海斗はサーベルを置いた。

「写真でも撮るか？」

ヴェッキオ橋を指さして、ポケットからスマホを取り出す。麗華は質問をはぐらかされたことに不満な様子を見せたが、すぐにポーズをとってみせる。ヴェッキオ橋はフィレンツェ最古の橋だ。中世の頃に造られ、洪水で流されたりしたが、今では観光名所になっている。

麗華とヴェッキオ橋の写真を数枚撮っていると、背後で騒がしい声がした。振り返った海斗の横を人影が走り抜ける。

「きゃっ」

高価そうなバッグを摑んだ男が、麗華に体当たりして駆け抜けた。後ろでは「ひったくりよ！」という女性の悲痛な声がしている。おそらく男は観光客のバッグを盗んで逃げているのだろう。

「麗華！　大丈夫か⁉」

海斗は地面に尻もちをついた麗華に駆け寄った。麗華は顔を顰めながらも、逃げていったひったくり犯と泣きながらそれを追っている女性を振り返った。

「私は大丈夫！　お兄ちゃん、追って！」

正義感の強い麗華に叫ばれて、反射的に海斗はひったくり犯を追いかけた。観光客のバッグを盗むことなど珍しいことではないと思うが、麗華に命じられては断れない。海斗はひったくり犯の背中を目印に走った。

犯人は中肉中背の五十代くらいの男性だ。足はあまり速くない。海斗が追いかけると徐々に距離が縮まっていく。男はヴェッキオ橋に逃げ込んだ。海斗は俊足を生かして、ヴェッキオ橋の中ほどで男に近づいた。

「待て！」

大声で怒鳴ると通行人が何事かと振り返った。男は邪魔な観光客を突き飛ばして逃げようとする。そうはさせまいと、海斗は男のジャケットを摑んだ。

「クソ！」

男がイタリア語で怒鳴り、海斗の腕を振り払おうとした。だが、それよりも早く海斗は男の腰にタックルした。転がった男の手からバッグが放される。海斗はそのバッグを奪い取ろうと手を伸ばした。

「畜生、貴様！」

起き上がった男が海斗に摑みかかり、海斗たちは橋のたもとまで摑み合いながら移動した。

（う……っ）

右足に体重を乗せた瞬間、痛みが走った。怪我がぶり返したのだろうか？　思わず顔が歪み、力が弛んでしまう。男はそれに乗じて、海斗を橋の欄干に押しつけた。周囲に群がっていた人々が、悲鳴を上げる。海斗は男の腹部に膝蹴りを食らわした。

「ぐはっ」

男が怯んだ隙に海斗は男を逆に欄干に押しつけた。男の腕を掴んで、取り押さえようとした時だ。

「——憎きメディチ……」

男の口から低いしわがれた声が漏れた。

「え？」

海斗が聞き返そうとした刹那、男の腕が逆に海斗の腕を掴み、大きく身を仰け反らせた。男はそのまま海斗を掴んでアルノ川に引きずり落とす。

「ま……っ」

待て、と言い終わる間もなく、海斗は男によって橋から落ちていた。浮遊感と、眼前に迫る川面。あっと思った時にはアルノ川に潜っていた。

（なんだ、今の）

海斗は水中で男の手を振り払い、空気を得るために浮かび上がろうと水を搔いた。すると、海斗が進もうとしている方向とは逆に身体が引っ張られる。

『ジュリアーノ……』

頭の中に変な声がして、海斗は自分の足を引っ張る何かを振り返った。海斗のズボンに黒い布がまとわりついていた。川の水が綺麗ではなかったのでよく見えないが、振り払おうとしてもそれは絡みついてくる。黒いもやもやっとしたものが海斗の足を水底に引きず

り込もうとしているのだ。

（幽霊？）

海斗はゾッとして、必死に足に絡みつくものを離そうとした。両足をばたつかせると、足にまとわりついていた黒い靄が消えていく。海斗は渾身の力を振り絞って、水上へと浮かんだ。

「ぶはぁ……っ」

水面に上がり、新鮮な空気を肺に取り込むと、海斗は岸へと泳いだ。一体何だったのだろう、足に絡みついた黒いものは。

橋の上から麗華の声が聞こえる。海斗が川に落ちて心配しているのだろう。大丈夫だというように手を振って、海斗は川から這い出た。全身ぐっしょりだ。大量の水滴を垂らしながら立ち上がると、海斗は一緒に落ちた男を探そうとした。

ふいに背筋に寒気が走る。

（何だ？）

嫌な視線を感じて、海斗は茂みの辺りを振り返った。そこに先ほどの男が立っていた。海斗より早く川から這い上がったらしく、全身びしょ濡れだ。海斗は男の手にあるものを見て、呆然とした。

「え？」

男は手に銃を持っていた。銃なんて生で見るのは初めてで、最初は何の冗談かと身構えることもできなかった。それがおもちゃではなく、本物だと気づいたのは男が引き金を引いた時だ。

銃声が響き渡り、海斗はこめかみに異様な熱さと痛みを感じた。

助けてくれと言う暇もなかった。海斗は二、三歩よろけて仰向けに引っくり返った。薄れゆく意識の中、こんなことならひったくりなんて追いかけるんじゃなかったという後悔が頭を過った。

遠くで麗華の声がする。海斗は深い沼の底に沈むように、ゆっくりと意識を手放した。


誰かが叫んでいる声がする。何度も耳元でわめくので、頭ががんがんする。静かにしてくれ、こっちは頭が痛いんだ……。

「ジュリアーノ様！　ジュリアーノ様!!」

耐えきれないほど大きな声に、海斗は重い瞼（まぶた）を開けた。数人の男が自分を覗（のぞ）き込んでいる。男たちの頭越しに空が見えるということは、自分は地面に寝転がっているらしい。

「う……」

身じろいだ拍子にこめかみがずきりと痛んで、海斗は顔を顰めた。そうだ、自分はひったくりを追いかけて銃で撃たれたのだ。てっきり死んだものと思っていたが、痛みがあるということは生きているらしい。

「ジュリアーノ様、気がつかれましたか！」

自分を覗き込んでわめいていた男が、ホッとしたように祈りのポーズをする。海斗は何度も瞬きを繰り返し、自分を見つめている男たちを見返した。奇妙な衣装をまとった男が三人、海斗を心配そうに見ている。なんというか——中世のイタリア人みたいな姿なのだ。ベレー帽みたいな帽子に、ゆったりした布の服にチュニック、タイツを穿いている。どこかで映画やドラマの撮影でもしているのかもしれない。

（何だ、こいつら？）

頭がずきずきするせいで思考が定まらない。理由は分からないが、男たちは海斗を見て「ジュリアーノ」と呼ぶ。誰かと間違えているのか。

「ああ、身体を動かしてはなりません！　ジュリアーノ様は落馬したのですよ、頭を打ったのです。じっとしていて下さい」

わし鼻の青年が起き上がろうとする海斗を制して言った。落馬とはどういう意味だ。自分はひったくり犯に撃たれて……。そう言おうとした海斗は、あることに気づいて固まった。

ヴェッキオ橋が変だったのだ。何度も見ているはずの橋が、ところどころ変化している。クリーム色の外観はレンガになり、増築された部分が消えている。どんなマジックだと畏怖し、海斗はアルノ川を横目で眺めた。

川には木製の船と筏が浮かんでいる。葦毛の馬が川岸の草を食んでいた。

（何が起きている？）

海斗は重く感じる右手を動かした。

「それにしてもジュリアーノ様、いつの間にこの変な服を？　どこで着替えたのですか？」

わし鼻の男がジュリアーノを凝視し、気味悪そうに呟く。Tシャツにジーンズを穿いていた海斗からすれば、目の前の男たちのほうが変な格好だ。

「担架を持ってきたぞ」

男の一人が言い、足元に大柄な男が近づいてきた。いかつい顔をした青年で、海斗と目が合うと心配そうに背中を縮める。男は長い木の棒と大きな布を持っていた。わし鼻の男が器用に布を裂き、木に巻きつけていく。簡易の担架というわけだ。

「出血がひどいな」

男の一人が青ざめて呟く。わし鼻の青年が海斗のこめかみに布を押し当てていたのだが、血で真っ赤になっていた。

「医師の元へ早く」

海斗は男たちの手で担架に乗せられた。頭は痛む一方で、この場に起きていることが理解できない。麗華はどこへ行ったのだろう。

男たちの手でどこかへ運ばれる中、海斗は再び意識を失った。

次に目覚めた時には、ベッドに寝かされていた。ぼんやりする頭を人の気配のするほうに向けると、時代がかった衣装を着た医師が海斗を覗き込んでいた。

「ジュリアーノ様、気がつかれましたか」

白いひげを生やした医師らしき老人は海斗の額に手を当て、熱を測る。ここが病院ではないことに、海斗は驚愕(きょうがく)した。銃で撃たれたのだから、てっきり救急車が来て病院へ運んでくれるものと思っていた。ところが海斗が寝かされている部屋は石造りのゴシックな部屋で、とても病院には見えない。第一医療器具も見当たらない。ベッドは木製で、凝った装飾はされているが手すりもないし、リクライニングもできない。極めつけは電気だ。蛍光灯がまったくなく、部屋にあるのは蠟燭(ろうそく)の明かりだけ。

「ここは……」

医師がイタリア語をしゃべっているということはイタリアのはずだが、何か違和感を覚えて海斗は身じろいだ。

「う……っ」

こめかみに痛みが走る。海斗が呻くと、医師らしき男が海斗の身体を支えて起こしてくれた。

「血はどうにか止まっております。三日意識が戻らなかったので、案じておりましたぞ。落馬したと聞きましたが、打ち所が悪かったのでしょうね。なかなか血が止まらず困りました。さぁ、薬湯を」

医師が水差しから濁った色の液体を注いで海斗に手渡す。不気味な臭いのする液体を飲む気になれず、海斗は医師の手を遮った。

「落馬したのではありません。銃で撃たれたんです、追いかけていたひったくり犯が銃を持っていて」

海斗はこめかみを押さえながら言った。こめかみには布が巻かれていた。包帯代わりだろうか？　ますます違和感を覚えて、海斗はきょろきょろした。先ほどから一番気になっているのは、寒さだ。真夏のフィレンツェなのに、石造りの家の中はこんなに寒かっただろうか？　まるで真冬のような寒さだ。

「ひったくり犯？　銃で撃たれた？」

医師は呆気にとられた顔で海斗を見つめる。

「そうです、妹の麗華が近くにいたはずなのですが。俺の名前は柏木海斗です。日本人で……」

パスポートを見せようとして海斗は自分の身体をまさぐった。いつの間にか着替えさせられていて、ゆったりした一枚布の服を身にまとっている。持っていたバッグの中にパスポートや財布が入っていたはずだが、見当たらない。

「俺のバッグは？　貴重品が入ってるんですけど……」

海斗は顔を強張らせて医師を窺った。まさか銃で撃たれた際に盗んでいった奴がいるのだろうか。フィレンツェの治安は悪くないはずだが、火事場泥棒を働く者はどこにでもいる。

「落ち着いて下さい、ジュリアーノ様。私が誰か分かりますか？」

医師は急に動揺したように海斗に近づいてきた。

「え？　初対面では……」

医師の顔に見覚えなどない。海斗がいぶかしむように言うと、医師がサッと青ざめた。

「お待ち下さい、ロレンツォ様を呼んで参ります」

医師は慌てたように部屋を出ていく。海斗は聞きたいことがたくさんあって不完全燃焼気味だった。そもそも何故自分のことをジュリアーノという名前で呼ぶのか。ジュリアーノという人物に似ているのだろうか？

「クソ……痛い」

こめかみの痛みは断続的に起こっている。あの医者、本当に治療してくれたのだろうか？　海斗は疑念が噴き出して、重い身体をベッドから下ろした。三日意識を失っていたと言っていたが、ひょっとして三日の間、この部屋に寝かされていたのだろうか？　そんな不安が生じて、海斗は窓に歩み寄った。

「これは……」

窓から見下ろした景色に海斗は驚愕した。やはりここは病院ではない。海斗がいたのは建物の二階だが、窓を見下ろすと柱廊のある美しい中庭があった。どこかで見たことがある。おぼろげな記憶が蘇り、海斗は背筋をひやりとさせた。

この建物、メディチ宮殿に似ている。

（そんなわけない、そんな場所に寝かされるはずが……）

痛みをこらえながら海斗はもっとくわしくこの場所について調べようとした。するとノックの音もなく、ドアが開き、一人の男性が入ってくる。

「ジュリアーノ！」

黒髪にがっしりした肉体、彫りの深い顔立ち、大きな鼻と大きな口、年齢は二十代半ばといったところだろう。朱色の宗教家みたいな衣装を着て、険しい表情で海斗に近づいてくる。

「意識が戻ったと聞いたぞ、記憶が混乱しているとも……」

男は海斗の肩を一瞬強く摑み、ハッとしたように優しく撫でる。海斗は足がひどく重く感じられて、ふらついた。男がすぐに海斗を支える。

「俺はジュリアーノではないんです、別の人と勘違いしています」

男にまでジュリアーノと呼ばれ、海斗は辟易して身を引いた。後から先ほどの医師がやってきて、困り果てたように手を組む。

「やはり頭を打ったのでしょう。記憶を失うことがまれにあり……」

「何ということだ」

男は海斗を凝視してわなないている。このままでは記憶喪失にされそうだと海斗は男から離れようとした。けれど数歩歩いた時点でくらくらきてしゃがみ込んでしまう。貧血かもしれない。

「しっかりしろ、ジュリアーノ。まだ安静にしていなければならない」

男に抱きかかえられ、海斗はベッドに横たわった。何が何だか分からないが、他人と勘違いされたままではおちおち寝ていられない。

「お探しのジュリアーノという人はきっと別の場所にいるはずです。それより両親に連絡を入れてほしいのですが……あと、俺の荷物が」

海斗はぐらつく頭を厭いながら男に言った。男の目が大きく揺れて、大きな手が顔を覆う。

「銃で撃たれたというのは本当か」

苦しげな声で聞かれ、海斗は小さく頷いた。

「パッツィ家の者だろうか？」

パッツィ家——海斗はその名を聞いて、ふと笑いだしてしまった。この茶番劇が理解できてしまったのだ。この時代錯誤な部屋や医師、登場人物——これはドッキリに違いない。人を騙して笑わせるつもりなのだろう。こちとら重傷だというのに、イタリア人の感覚にはついていけない。

「ジュリアーノ？」

失笑した海斗に男が怪訝そうな目を向ける。撃った相手をパッツィ家と呼んだり、見覚えのある建築物に寝かされたり——さしずめこの男はメディチ家の人間だろうか。なかなか凝ったドッキリだ。ジュリアーノという人物が誰か知らないが、海斗に割り当てられた人物は男にとって大切な相手という設定らしい。

「もうそろそろいいでしょう？　頭がひどく痛むんです。ドッキリはいいから、妹と会わせて下さい」

海斗は苦笑しつつ言った。今度は男がぽかんとする。

「……我が弟は本当に記憶を失っているらしい。悪魔に魂を乗っ取られたのだろうか？」

男は血相を変えて医師と顔を見合わせている。思った反応が戻ってこないので、海斗は不安になってきた。いくらなんでもここまで言えば真実を明かしてくれると思ったのに。

「あの……？」

「早急に他の医師を呼ぼう。この症状にくわしい医師を！」

男が大声でまくしたてる。

「分かりました、ロレンツォ様」

男と医師が焦った様子で部屋を出ていく。海斗は不安がどんどん増していって、顔が引き攣った。これは冗談のはず……、大掛かりな仕掛けのはず……。

海斗は一人部屋に残され、呆然と宙を見据えていた。

2　タイムリープ

海斗（かいと）は安静状態で数日寝かされた。実際立ち上がると眩暈（めまい）と怪我（けが）の痛みでろくに動けなかった。熱も高く、出された食事もほとんど咽（のど）を通らなかった。海斗の部屋には頭に布を巻いた中年女性がやってきて、海斗の口にスープを運んでくれた。中年女性の格好は古い時代のメイドみたいで、長年使用しているのが見て取れた。最初はロレンツォと呼ばれる男の身内かと思ったが、素性を聞くとただの使用人だという答えが返ってきた。この屋敷（やしき）には大勢の使用人がいて、中年女性は働き始めて五年だそうだ。

日が経（た）つにつれ、海斗もおぼろげに理解し始めた。

これは海斗を騙（だま）すためにやっているのではない。妹の麗華（れいか）からコンタクトがないのも変だし、この館にいる人全員が中世の格好をする理由がない。ドッキリならとっくに種を明かしているはずだ。

だとすれば、一番考えられない事象にぶつかっている。海斗はとても信じられなくて、高熱に浮かされながらもそれを確かめなければならないと考えていた。

「あの……俺の荷物、知りませんか?」

一週間が過ぎてやっと熱が引くと、海斗は事実を確認しなければと決意した。ちょうどロレンツォと呼ばれた男が海斗の寝ている部屋にやってきた。ロレンツォが何者か知らないが、この大きな屋敷の主人か、それに近い存在であることは容易に想像できる。使用人は皆ロレンツォに敬意を表する。

「……ジュリアーノ。悲しいことだ」

ロレンツォはじっと海斗を見つめてため息をこぼした。

熱が引くのと同時に数名の医師が来て、海斗にいくつもの質問をしていった。どこで生まれたのかとか、今までどうしていたのかとか、数字の数え方、絵画を見てどう思うかまで聞かれた。最初は真面目(まじめ)に答えていた海斗だが、医師たちの反応に徐々に無口になっていった。医師たちはまるで海斗の頭がおかしくなったとでも言わんばかりの態度なのだ。

「いっそ、MRIでもすればいいじゃないですか」

皮肉混じりに海斗が言うと、医師たちはぽかんとした。

「M……? 何ですか、それは」

医師たちはMRIについて知らないとその時分かった。医師でありながらMRIを知らないなんてありえない。今時子どもだって知っているくらいだ。海斗はゾッとして、自分がただならぬ状況にいることを自覚した。

「お前はどうやら記憶を失っているらしい。しかも別人格が憑依していると医師たちは言っている。どうか変なことを言いださないでおくれ。お前の状態がパッツィ家にばれたら、どんな追及を受けるか分からない。お前の精神がおかしくなったと言いふらされ、弾劾されるかもしれない。私の言うことが分かるか？」

ロレンツォに真剣な眼差しで言われ、海斗は緊張した。理由は分からないが、何か異常事態が起こっていることは確かだ。だとしたらこの場を切り抜けるためにも、ここは大人しくするのが常套手段だ。自分の主張をこれ以上続けると、危険なことになるとロレンツォは暗に示している。

「……はい」

海斗は青ざめて頷いた。ロレンツォは海斗が素直に頷いたのを見て、いくぶん表情を弛めた。

「お前の名はジュリアーノ。私の大切な弟だ。私の名はロレンツォ。ロレンツォ・デ・メディチ」

ロレンツォが自分の名を名乗り、海斗は一瞬鳥肌が立った。

ロレンツォ・デ・メディチ――まさか歴史上有名なあの男と同じ名前とは。これは偶然なのか、それとも――。

「あの事故があった日、お前は従者と共に馬で出かけた。お前は一人で先を行ってしまい、従者が駆けつけた時には血を流して倒れていたそうだ」

ロレンツォは海斗から視線を逸らさずに続ける。そういえばあの時近くに馬がいた。不安そうに自分を覗き込む男たちも。

「お前を守ることができなかった従者のマノロは、クビにした」

ロレンツォの冷たい声が耳を震わせ、海斗は驚いて「馬鹿な」と口走った。マノロがどの人物だったか分からないが、あの時自分を助けようとしてくれた人が職を失ったなんて、あってはならない。

「ロレンツォさん、どうか考え直して下さい。彼は俺を助けてくれた。恩人です」

海斗が切羽詰まった様子で言うと、ロレンツォの瞳が揺れた。

「ジュリアーノ……、お前の優しさは変わっていない」

ロレンツォは静かな笑みを湛え、海斗の手を握った。ふとその目が海斗の手に注がれる。ロレンツォはいぶかしむように海斗の手を眺めたが、気を取り直したように手を離した。

「お前がそう言うならマノロをお前の従者に戻そう。それから……」

ロレンツォの言葉に安堵して、海斗はロレンツォが持ってきた麻袋に目を向けた。

「これはお前が持っていたものだ。奇妙なものばかりだ。どこで手に入れたのだ？　それに変な服を着ていたそうだな。すべてこの中に入れてある」

ロレンツォは麻袋を海斗に手渡す。海斗は興奮してそれを受け取ったが、すぐには開けずにロレンツォを見上げた。

「あの……今日の日付を教えてもらえないでしょうか？」

海斗が思いつめた様子で聞くと、ロレンツォは不思議そうな表情で口を開いた。

「三十日……。一四七四年、十一月三十日だ」

海斗は慄然（りつぜん）として麻袋を手から落とした。


一四七四年——これが冗談ではないなら、海斗は五百年以上も過去にいることになる。信じたくなくてしばらく呆然（ぼうぜん）としてしまったが、一四七四年というなら思い当たる節がいくつも出てくる。医師たちの処置法や館の内装、書棚にある本の古さ、人々の格好——すべて中世のものだと納得できるのだ。

だが、そんなことが起こりうるのだろうか？

フィレンツェで観光していた自分が中世のフィレンツェに時間移動したなんて。これは夢に違いないと、海斗はロレンツォが去った後、自分の頰（ほお）を何度も叩（たた）いてみた。結果、痛みは起こるし夢というには現実感がありすぎると判明した。

（そもそもこんなに痛みがある時点で、夢なわけない）

こめかみに走った痛みをこらえて、海斗は現実を直視しようと麻袋を探った。

麻袋の中にはバッグが入っていて、パスポートや財布もあった。あの時海斗を助けてくれた従者がこれらの品をロレンツォに届けてくれたのだろう。

（一四七四年だとすれば、この財布の中身はただの紙切れか……）

財布の中にはユーロ紙幣とユーロセントが入っている。他にはハンカチくらいしかない。スマホを探したが、見つからなかった。確かあの時、ひったくり犯を追いかけながら手に持っていたので、川に落ちた時点で落としたのかもしれない。

（最悪だ、どうすればいいんだ……）

海斗はごろりとベッドに横になって天を仰いだ。

二十一世紀から来たと言って信じてもらえるはずがない。そもそもどうしてこんなありえないことが起きたのだろう？　百歩譲って一四七四年に来てしまったとしても、誰かと間違えられているというのがおかしい。

（ジュリアーノという人と俺がよく似ているらしいが……ジュリアーノ……ぜんぜん聞いたことがないな）

ジュリアーノがあの場にいれば、別人の海斗が間違えられることなんてなかったはずだ。一週間以上経っても出てこないところを見ると、ジュリアーノが消えたことは確かだ。

（まさか俺と入れ違いに？）

ざわざわと胸が騒いで、海斗は麻袋に入っていた服を広げた。Tシャツとジーンズは洗濯されたのか綺麗（きれい）になっている。

（もしそうだとしたらとんでもないことだ。だってここは……）

海斗は麻袋に服やバッグを詰め込み、紐（ひも）を縛ってベッドの脇（わき）に追いやった。

ここがメディチ宮殿だと気づいたのはロレンツォと会ってからだ。まさかと思い、身体（からだ）が回復した頃、他の部屋や外の景色を眺めたが、やはりメディチ宮殿としか思えない。メディチ宮殿の外の景色はだいぶ違うが、建物自体は見覚えのある場所が多かった。

（あの男が、かの有名なロレンツォ・デ・メディチ……。肖像画とあまり似てないな）

海斗はロレンツォのことを思い出して苦笑した。まだ半信半疑だが、本当に彼があのロレンツォなら歴史上の有名人物と会っていることになる。

（ロレンツォの弟なんて覚えてないな。こんなことならもっとメディチ家について勉強すればよかった！　弟……ジュリアーノ……駄目だ、ぜんぜん記憶に引っかからない）

ジュリアーノという弟について懸命に思い出そうとしていたけれど、無駄だった。メディチ家といえば金融業で財を成した一族、数々の芸術家のパトロンとして名を馳（は）せて、政治や外交にも活躍した――くらいしか海斗は覚えていない。ロレンツォはその中でもひときわ重要人物で、偉大なるロレンツォという意味のロレンツォ・イル・マニフィコと呼ばれていた。

（一四七四年という時期に関しても分からないことだらけだ。日本のことならもう少し分かるんだが……、イタリア史はおばあちゃんの話くらいしか聞いてこなかったんだよなぁ）

イタリア人の祖母はフィレンツェを案内するたび、まるで知り合いのようにルネサンスの芸術家について語ってくれた。祖母のお気に入りはミケランジェロで、海斗が好きなのはダ・ヴィンチだ。

（外を歩いて確かめたい。これが現実なのかどうか）

こめかみの怪我に関しては日々よくなっている。まだ時々痛むが、苦痛は少しずつ引いている。あの時銃で撃たれたが、おそらくかすっただけだったのだろう。

この時代の医療についてくわしくないが、外科的手術はされていないのが現状だ。出血を止めるための治療しかしていないに違いない。銃弾が頭に直撃していたら、とっくにお陀仏（だぶつ）だったろう。つくづく運がよかった。

（確かめよう。それが先決だ）

海斗は冷静にそう判断した。このまま海斗であることを主張しても事態は好転しない。だとしたらジュリアーノ本人には悪いが、ジュリアーノの振りをして生活するしかない。

幸いにも海斗が間違えられている人物は金持ちだ。生活面での心配はない。

ジュリアーノという人物、海斗とそっくりの顔らしいが、どんな人物だったのだろう？

海斗は落ち着かなくなる気持ちを必死になだめて、情報を探ろうとした。まずは状況を知り、それから対策。フェンシングの試合と同じだ。冷静にならなければ、失敗する。それが大事なのだと海斗は自分に言い聞かせた。


翌日にはベッドから出てメディチ宮殿を歩き回ることができた。以前観光の一環で訪れたことはあるが、海斗が知っているのはのちに所有した人物が造宮した後の建物だったので、記憶と違っている点はいくつもあった。メディチ宮殿の外観は切り石を積んだだけのひどく地味なものだが、内部は贅（ぜい）を尽くした宮殿になっている。表向きは質素に見せたと説明書きがあって、なるほどできる商人というのはそういう心配りもするのだなと感心したものだ。

二階には小さいながらも礼拝堂があり、壁の三方を美しいフレスコ画で飾っていた。フレスコ画は海斗が見たものと遜色（そんしょく）なかった。

「ジュリアーノ様！」

フレスコ画に見惚れていると、一人の男が入ってきて海斗の前に跪いた。まだジュリアーノと呼ばれることに慣れていなくて反応が遅れてしまった。顔を上げた男は、意識を失う前に見たわし鼻の青年だ。海斗はピンときて、男に合わせて膝を折った。

「マノロか?」

海斗が名前を呼ぶと、マノロが嬉しそうに目を潤ませた。あの時いた青年がマノロという従者だったようだ。

「ジュリアーノ様、本当にありがとうございます。クビになっても仕方のないことをした私をとりなしてくれたとロレンツォ様から聞きました。もう一度あなたの従者になることができて、心から嬉しいです」

マノロは海斗の手を強く握り、何度も礼を言う。海斗は罪悪感を覚えて、マノロを立たせた。マノロのほうがどう見ても年上に見えるが、おそらくこの時代では海斗のほうが立場は上なのだろう。従者という立場の人に会ったことがないからいまいち理解できないが、マネージャーや付き人みたいなものだろうと思うことにした。

「悪かったね、俺が伏せっていたせいで……」

海斗は延々と礼を述べるマノロを制して、声を潜めた。

「実は俺は記憶を失っていてね。ロレンツォ……兄から事情を聞かされたが、ほとんど理解できていないんだ。だからマノロ、俺を助けてくれないか」

海斗はマノロの手を握り、じっと目を合わせた。マノロは頬を紅潮させ、目に力を漲らせた。

「もちろんでございます。ジュリアーノ様のためなら何でもする覚悟です。ああ、ジュリアーノ様、おいたわしい……。あの時どうして馬に慣れているはずのジュリアーノ様が落馬したのか……パッツィ家の陰謀かもしれません」

マノロは憤慨した様子で言う。海斗の記憶が確かならメディチ家には対立していた存在がいた。それがパッツィ家なのだろう。

「俺が倒れた場所があるだろう?」

黙っているとパッツィ家に対する悪口が始まりそうだったので、海斗は急いで言った。マノロの顔が曇る。あの日のことを思い出しているのかもしれない。まさかマノロもあの後自分がクビになるとは思っていなかっただろう。

「あそこへ行きたいんだ。一緒に行ってくれないか。一人で外出は禁止だと兄に言われてしまってね」

海斗は起き上がれるようになり一人で外出しようとしたのだが、とたんにメイドが騒ぎ出し、ロレンツォに叱られることになった。ロレンツォは外で海斗が何を言いだすか心配だったのだろう。

「お安い御用です、ジュリアーノ様。馬の用意をしましょう」

マノロが目を輝かせる。

「いや、歩きでいいよ」

海斗はホッとして笑った。乗馬の経験はあるが、この時代の人ほど乗りこなせるかどうか自信がない。記憶がないということで周囲の人を欺いているが、あまり不審に思われたくない。

「分かりました。ロレンツォ様に許可をもらってきます」

マノロは出かける準備のために礼拝堂を出ていった。海斗は怪我をしたこめかみにそっと触れ、頭に巻かれた布を解いた。布には乾いた血がこびりついている。血は止まり、怪我した部分はかさぶたになっているようだ。鏡がないのではっきり分からないが、この格好では目立つだろうと思い、着替えてから出かけることにした。

メイドの出してくれた服に着替え、帽子を深く被って怪我した部分を隠すことにした。丹念な刺繍のほどこされたシャツ、きっちりと首を隠した襟の上衣、厚手のタイツに長いブーツ、ひざ下まで隠れるコートはいかにも高級そうだ。この時代の服は海斗からすれば変だが、これが金持ちの衣服だというのは分かる。

「ジュリアーノ様、参りましょう」

ロレンツォの許可が出て、海斗はマノロと共にようやくメディチ宮殿を出ることができた。

十二月に入り、寒さが本格的になっている。頬を嬲る風は冷たく、空は雲が多い。海斗は実際に歩いてみて、本当にここは海斗の知るフィレンツェではないのだと思い知った。まずビルは一つも見当たらない。現代を思わせる店も人も風景もない。地面は舗装されているところとないところが分かれていて、荒れ地といっていいような場所もたくさんある。

メディチ宮殿からヴェッキオ橋に向かって歩き始めると、フィレンツェのシンボルともいうべきドゥオーモが見えてきた。

「この時代にドゥオーモはあるんだな……」

見知っている建物が出てきて、海斗は感慨深くなって呟いた。マノロが怪訝そうに首をかしげたので、何でもないと首を振った。

「ジュリアーノ様、お怪我をなされたと聞きましたが、もう大丈夫なのですか?」

マノロと歩いていると、市民らしき人々にあちこちで声をかけられた。ジュリアーノは金持ちのはずだが、フィレンツェ市民と気さくに交流していたようだ。彼らの期待を裏切らないようにと海斗は「心配かけてすまない」と微笑んでみせた。こんな時にイタリア語が話せて本当によかったと思う。もしイタリア語が分からない状態でこの時代に飛ばされていたら、地獄だったろう。

「ジュリアーノ様ぁ!」

「もうお怪我は大丈夫なんですかぁ⁉」

「やだぁ、ジュリアーノ様に会えるなんて嬉しい」

　気を張りながら歩いていると、若い女性が数人、黄色い声を上げて駆け寄ってきた。海斗が戸惑っていると、若い女性たちは海斗を囲んで口々に怪我はどうかとか、心配していたとかまくし立ててくる。

「え、っと、すまないけど君たちは……」

　これまでの人生、女性に縁がなかったわけではないが、こんなふうにあからさまに騒がれたのは初めてだ。海斗がまごついていると、マノロが女性たちを追い払ってくれた。

「ジュリアーノ様は女性に大変人気がある方ですから。でもあのような輩は相手になさらないでいいですよ。ジュリアーノ様とは釣り合わないですから」

　マノロは海斗に耳打ちして先へ急がせる。メディチ家は貴族ではなかったはずだが、マノロにとっては身分の違いがあるらしい。

（疲れる……、馬のほうがよかったか）

　ゆっくり歩いていると声をかけられるので、海斗は急ぎ足で進んだ。この時代の人間に適したふるまいをしなければと思うが、ジュリアーノが有名すぎて考える暇がない。

「悪い、少し眺めていってもいいか」

　ドゥオーモの前に立ち、海斗は先を急ごうとするマノロを止めた。ドゥオーモの正式名称はサンタ・マリア・デル・フィオーレ大聖堂だ。茜色の円形ドームは二重構造になっていて、海斗の好きな建築物の一つだ。

(この時代にはもうドームは完成されていたんだな)

歴史的な建築物の途中経過をこの目で見ることができて、海斗は高揚した。ドゥオーモは六百年に亘って芸術家たちが手をかけてきた特別な場所だ。

じっとドゥオーモを眺めていると、突然肌が粟立つような感覚に襲われた。背後に誰かいる、と気づいて、海斗は振り返った。

そこにはすらりとした肢体の一人の青年が立っていた。年の頃は二十歳くらいだろうか。柔らかそうな金髪の鼻筋の通った美しい青年だ。

海斗は何故かその青年を見ているとぞくぞくして、戸惑いを隠せなかった。海斗と同じようにドゥオーモを見つめている青年は、只者ではないとすぐに分かったからだ。たとえて言えば、フェンシングの試合で強者と向かい合った瞬間に似ている。青年から発せられる異様な気というものがあって、海斗は思わず青年に近づいていた。

海斗に気づいて青年が振り返り、ふっと眉を寄せる。口には出さなくても、嫌な奴に会ったと顔に書いてある。青年の服装は華美ではないから一般市民だろうが、何者か知りたくてたまらなかった。

「ジュリアーノ様、いけませんよ」

青年に声をかけようとした海斗を、マノロが止めた。マノロは青年について知っているようで、海斗の背中を押してこの場から立ち去ろうとする。海斗は未練がましく青年を見つめていた。青年はうさんくさそうな目で海斗を見返す。その瞳の中には、何か用かという感情が込められていたので、青年はジュリアーノとはいい関係ではないということが分かった。

ドゥオーモから遠ざかると、海斗は急くようにマノロに尋ねた。

「先ほどの青年は何者だ？　有名な人物だろう？」

海斗の質問にマノロは呆れたように首を振った。

「レオナルドですよ。まぁ、ちょっとは有名です。マエストロですし。彼は素晴らしいってロレンツォ様も褒めていました」

レオナルド、と聞き、海斗は目を見開いた。

「まさか、レオナルド・ダ・ヴィンチか！」

興奮して海斗は日本語で叫んでしまった。マノロは気味悪そうに海斗を見ている。

ルネサンスが花開くこの時代――若き日のレオナルド・ダ・ヴィンチに会えるとは思わなかった。ダ・ヴィンチの絵画や発明の文献を読んだことのある海斗にとっては信じられない感動だった。

「ああ、嘘だろ！　こんな奇跡があっていいのか、俺は彼の大ファンなんだ！　サインをもらいたいくらいだよ。只者じゃないとは思ったんだ！　すごいイケメンだったじゃないか、誰かに教えてあげたい！」

有頂天になってまくしたてると、マノロが啞然としている。無理にでも話しかければよかったと悔やむ海斗に、マノロが呆れたように肩をすくめる。

「ジュリアーノ様はレオナルドを田舎者と馬鹿にしていたじゃありませんか。ラテン語も読めない無学な頑固者と一度喧嘩になったくらいですし。……レオナルドもメディチ家に来る文人とは距離を置いているようですよ」

マノロに目を丸くされ、海斗はショックで天を仰いだ。

（噓だろ、ジュリアーノ。とんでもない馬鹿は君だ！）

そっくりの顔ということで親しみを持っていたジュリアーノだが、この点についてはひどい憤りを感じた。だとすればレオナルドは嫌な奴と目が合ったと思っているはずだ。自分はジュリアーノではないと言えたらどんなにいいか。

「彼は素晴らしい人物なんだ。それだけは覚えていてくれ。後世に名を残す、偉人だよ。俺なんか足元にも及ばないスターだよ」

海斗はマノロにため息と共に告げた。

「記憶が戻ったのですか？」

マノロが目を輝かせて、身を乗り出す。

「あ、いや。……少しだけ、ね」

しまった。浮かれてしゃべりすぎた。海斗は口ごもると、ヴェッキオ橋に向かって歩を進めた。

ヴェッキオ橋まで来ると、海斗はマノロと共に川沿いを進んだ。アルノ川を見て驚いたのが、異臭を感じたことだ。この時代にゴミ分別などあるわけないと分かっているが、それにしても野菜の切れ端や豚や鳥などの廃棄部分が平気で川に捨てられている。

「ひどいな。誰が捨てているんだ？　一人や二人じゃないだろう？」

たまりかねて海斗が聞くと、マノロがヴェッキオ橋を指さした。

「橋で店を構えている肉屋が捨てていってるんです。野良犬がよく漁（あさ）っていますよ」

ヴェッキオ橋は海斗の時代には貴金属の店が並んでいるが、この時代はまったく違う系統の店がひしめいている。マノロの話では羊毛業組合が野菜や肉を売ると決めたらしい。フィレンツェではギルドが幅をきかせている。

海斗は改めて周囲を見回した。ヴァザーリの回廊もなければ、ウフィツィ美術館もなかった。やはりここは海斗の知るフィレンツェではないのだ。分かっていたけれど、とてつもない不安が押し寄せて暗い面持ちになった。

「俺が倒れていたところはどこだか教えてくれるか?」

海斗に頼まれ、マノロが草むらがある辺りを指さした。季節は冬で雑草も勢いはないが、それでも足首辺りまでは緑が残っている。海斗は何か落ちていないか探した。この異変が起きた原因に繋(つな)がるものがないか、目を凝らして確認した。

だが、何も見つからなかった。スマホはどこへ行ってしまったのだろう。あれがこの時代の人の手に渡ったらどうなるのだろう。使い方が分からないだろうし、海斗の指紋でロックされているので中は見られないだろうが、素材や形だけでもこの時代の人の興味を引きそうで恐ろしい。

二時間ほど海斗はその場に留まり、何か起きないか期待した。

一番いいことは自分の世界に戻れることだが、期待は徒労に終わった。

「ジュリアーノ様、もう帰りましょう。お身体に障ります」

マノロに説得され、海斗はしぶしぶメディチ宮殿に戻った。


何故こんなことが起きたのかと海斗は考え続けた。過去に飛ばされるなんて、通常あるはずがない。

　こうなったポイントの一つは銃で撃たれたことだと思うが、それ以外にもジュリアーノという男と海斗がそっくりというのも重要だ。もしかしたら海斗がこの時代に飛ばされたように、ジュリアーノという男も現代へ飛ばされたかもしれない。同じ場所に自分とジュリアーノがいたのが今回の異常事態を引き起こしたとしたら、再び入れ替わるためにはお互いが同じ場所に存在しなければならないのではないか。何百年も先の未来にいる男と息を合わせるなど、不可能に近い。

　タイムトラベル、タイムリープ、タイムスリップ、さまざまな呼び方があるが、それが海斗の身に起きたのだ。映画や漫画の世界の話だと思っていたので、こうなった今でも信じられなかった。

（俺はどうなってしまうんだろう……このままここで、死ぬことにでもなったら……）

　嫌な未来を想像してゾッと背筋を震わせた。実際あれほど血を流して、ろくな治療もできないこの時代でよく回復したものだと思う。父や母、麗華は突然いなくなった海斗のことを心配しているだろうか。考えれば考えるほど、つらくなってくる。

（起きたことは仕方ない。現状、どうするかだ）

　海斗は持ち前のポジティブさを発揮して、今をどう切り抜けるかに意識を切り替えた。小さい頃から、あまりくよくよしないのが海斗のいいところだ。見切りをつけるのが早いのが欠点とも言われてきた。そのせいで、フェンシングもやめてしまったのだが……。

海斗のいるメディチ家は三百年に亘りフィレンツェに君臨してきた一族だ。特にロレンツォは若い頃からフィレンツェを支配していたといっても過言ではない。ロレンツォは芸術に深い理解があり、彼のおかげでこの時代のフィレンツェには素晴らしい芸術品が生まれてきた。

ただ問題は、ジュリアーノという人物だ。

何度考えても海斗の記憶にその名前はない。ロレンツォの弟なら凡人で終わったはずがない。何かしらの役職、仕事を任されたに違いないと思うのだが、海斗にはその情報がなかった。本来の歴史で行うはずだったことを海斗は知らないのだ。何もしなくていいならこれほど簡単なことはないが、何か大きなことをしたというなら大問題だ。

海斗が恐れていることは、歴史が改ざんされるような状況に陥って元の世界に戻れなくなることだ。

不安は尽きないが、まずは状況を知ろうと海斗は積極的にメイドや使用人に声をかけた。

メディチ宮殿にはしょっちゅう人がやってくる。ギルドの者もいれば、有名な芸術家もいるし、詩人もいた。ロレンツォは才能を認めた者には惜しみない援助をする。ジュリアーノはロレンツォほど芸術に対して熱意はなかったようで、彼らとはそれほど親しくなかったそうだ。兄弟仲は人も羨むほどで、海斗が意識を取り戻さなかった時ロレンツォは、日に何度も礼拝堂を訪れて祈りを捧げていたという。

　ロレンツォにはクラリーチェという妻と、四歳の長女ルクレツィア、二歳の次女マッダレーナ、二歳の長男ピエロがいる。クラリーチェは病気がちだそうで、今は里帰りしていてまだ会っていない。

　ジュリアーノたちの父親であるピエロ・イル・ゴットーゾは五年前に亡くなっていた。ロレンツォは二十歳の時点でメディチ家の当主となったわけだ。

　いろいろと情報を仕入れたが、海斗が一番ショックを受けたのはジュリアーノが二十一歳の若者だったことだ。十八歳の海斗からすれば、三つも上になる。自分の顔はそんなに老けているのだろうかとがっかりした。

「ジュリアーノ、だいぶよくなったようだな」

　マノロと出かけた翌日、ロレンツォが様子を見にジュリアーノの部屋を訪れた。海斗が自分はジュリアーノじゃないと騒がなくなったので、ロレンツォもホッとしている様子だ。

「兄さん」

　見知らぬ人を、しかも歴史上の重要人物を兄と呼ぶ違和感は残っていたが、海斗は努めてまともな人間らしく振る舞った。マノロの話ではパッツィ家との確執は深く、ジュリアーノが下手なことをすればどんな噂話を吹聴するか分からないとのことだ。

「ご心配かけてすみません。身体はだいぶ動くようになりました。記憶のほうはまだですが……」

海斗はぎこちない笑みを浮かべて言った。ロレンツォは海斗をぐっと抱きしめると、大きな口の端を吊り上げた。

「これから一緒にサン・ロレンツォ聖堂に行こう」

ロレンツォの口から出た言葉に海斗は目を輝かせた。

「サン・ロレンツォ聖堂といえば、ミケランジェロのマリア像が……」

言いかけた海斗はハッと口を閉ざした。ミケランジェロがこの時代に活躍しているかどうか自信がなくなったのだ。案の定ロレンツォは「ミケランジェロ？」といぶかしんでいる。そうだ、ミケランジェロはダ・ヴィンチより後に生まれたはずだ。正確な歳の差は知らないが、まだ世間に知られていないのだろう。うかつに名前を出したことを反省した。

「いえ、そういう名前の人が素晴らしい場所だと褒めていて」

苦しい言い逃れをすると、ロレンツォはしばらく黙り込んで海斗を見ていたが、何もなかったように話を続けた。

「父が眠る場所だ。お前は思い出せないだろうが、我が一族にとって特別な場所だよ」

ロレンツォに微笑まれ、海斗は出かける支度をした。ロレンツォと出かけるということもあって、数名の護衛がつく。ロレンツォはフィレンツェの重要人物なので、命を狙われる危険性もあるとか。ロレンツォ自身がたいていの敵はねじ伏せそうな腕力を持っているので、大げさに思えた。

「市民とはなるべく良好な関係を築くこと、これは代々のメディチ家の教えだ」

　ロレンツォと共に宮殿を出ると、神妙な顔でそう諭された。

「我らはあくまで一市民である。フィレンツェのために生き、フィレンツェを栄えさせることこそ、我が一族の使命なのだ」

　ロレンツォはそう言って、通りすがりに多くの人と会話を交わした。権力者なのだからもっと威張っているかと思ったが、陽気で気さくで女性に優しい。典型的イタリア男というのが海斗から見たロレンツォだった。

「そういえば昨日レオナルド・ダ・ヴィンチに会いました。会ったというか、見かけたというか……声をかけようとしたらマノロに止められて」

　海斗はダ・ヴィンチのことを知りたくて話を振った。ロレンツォの目がきらりと光り、大きな声で笑う。

「レオナルドと大喧嘩したのを忘れてしまったとは、都合のよいことよ」

　ロレンツォも知るくらい仲が悪かったのか。海斗はがっかりして肩を落とした。できれば話したいし、仲良くなりたいと思ったのに。

「マノロがマエストロと言ってましたが……」

あの若さでマエストロというくらいだから、世間の評判は高いはずだ。海斗が身を乗り出して聞くと、ロレンツォは深く頷いた。

「あの男はいずれ後世に名を残すだろう。私の肖像画もいつか頼むつもりだ。類いまれな観察眼とそれを表現できる技術……、天才だよ」

ロレンツォは不敵に笑う。そんなことはよく知っていると突っ込みたいのを海斗はこらえた。海斗のいる時代で彼がどれほど有名か知れば、ロレンツォも驚くはずだ。ロレンツォの名前は知らなくても、ダ・ヴィンチを知らない者はいない。

「とても美しい青年です」

ダ・ヴィンチの顔を思い出して、つい海斗は呟いてしまった。海斗が書物や映像で見るダ・ヴィンチは老人顔で、若い頃、あんなに美しかったなんて知らなかった。

「ヴェロッキオのダヴィデ像のモデルは彼だよ。といってもダヴィデ像を覚えていないか」

ロレンツォは残念そうに言う。

「喧嘩をしたというなら仲直りしたいものですが……」

海斗が申し出ると、ロレンツォが意外そうに目を丸くした。

「お前がそんなふうに言うなんて、珍しいね。そういうことなら取り持ってあげよう。聖堂のあとに工房へ行けば、きっと彼に会える」

海斗は嬉しくなってロレンツォに笑顔を向けた。ロレンツォはまぶしそうに海斗を見て、肩を抱き寄せた。

メディチ宮殿からサン・ロレンツォ聖堂はすぐだった。海斗は二回くらいここを訪れているが、記憶にある聖堂よりも美しく感じた。ファサードが未完というのは同じだが、聖堂内部の天井の金色が神々しいほどに光り輝いていた。柱や壁を白とグレーにしている対比の効果かもしれない。外観は煉瓦（れんが）を積んだだけの質素な造りなのに、内部は豪華にするというのが、メディチ宮殿と相通じるものがある。気品を感じさせる礼拝堂にいると、人は自然と跪くのだろう。

「あれが我が一族の紋章だ」

ロレンツォが上を指さして言った。身廊の中央に立って天井を見上げると、金色のツボのような形に赤い玉が五つ、青っぽい玉が一つ、上部には王冠らしきものが描かれている。

「記憶を取り戻すまでは、一つ一つ覚えていくといい」

ロレンツォは慈しむように海斗を見つめる。弟思いのロレンツォを騙しているようで忍びないが、今は素直に礼を言った。

主祭壇は立派なもので、無宗教の海斗ですら自然と膝を折るようなものだった。海斗はロレンツォに合わせて神に祈りを捧げた。祖母に連れられて家の近くの教会に行ったことはあるが、こんなに荘厳な聖堂で祈りを捧げるのは初めてだ。

(神様、どうか自分の世界に戻して下さい)

十字架に張りつけられているイエス・キリスト像に切に願う。

サン・ロレンツォ聖堂は聖ラウレンティウスに捧げられたフィレンツェで一番古い聖堂だそうだ。由緒正しいその聖堂にメディチ家の紋章があるということは、メディチ家はフィレンツェの王様みたいなものだと海斗は理解した。その若き当主が自らを「一市民」と言うのは戒めに近いものなのだろう。海斗はロレンツォを優れた当主だと思った。

「この真下には父、ピエロが眠っている。素晴らしい父だった。お前の記憶が早く戻るよう、父にも祈りを捧げよう」

ロレンツォに促され、海斗は地下聖堂に眠るというピエロのために手を組んだ。海斗が知っているメディチ家の人物の中にピエロも入っている。ロレンツォとピエロ、あとコジモくらいしか知らない。

深い祈りを捧げた後、ロレンツォは海斗を長椅子(ながいす)に誘った。

「お前の記憶が戻るのを日々待っているが、なかなか上手(うま)くはいかないようだ。お前は忘れているようだが、年明けにお前には大切な仕事があった」

ロレンツォが声を潜めて言い出し、海斗はにわかに緊張してきた。

「俺に……？」

不安そうな海斗の肩に優しく手を置き、ロレンツォが深く頷く。

「ジョストラに出るのだ」

ジョストラ、と言われて海斗はしばし考え込んだ。単語の意味が思い出せなかったのだ。イタリア語ができると言っても完ぺきというわけではない。頭をフル回転して、ジョストラの意味を思い出そうとした。

「ジョストラ……、ジョストラ……、あっ、馬上槍試合（ばじょうやりじあい）か！」

懸命に考え続けた頭に記憶が蘇（よみがえ）った。歴史書で読んだことがあった。

「この俺が⁉」

海斗はびっくりしてつい大声を上げてしまった。大声のせいか傷に痛みが走り、頭を抱えて呻（うめ）き声を漏らす。

「しっかりするのだ、ジュリアーノ。お前の怪我のことは分かっている。けれど今度の馬上槍試合は特別なものなのだ。メディチ家の一員としてお前を内外に知らしめるために私が開催を決めたものなのだから。お前には必ず勝ってもらわねばならない」

ロレンツォは一転して厳しい声音を出す。それまで優しかった兄の顔は、今はフィレンツェを治める当主の顔になっている。

海斗は眩暈がして何も言えなくなった。怪我のこともそうだが、馬上槍試合など経験がない。そもそも槍自体持ったことがない。慣れない馬に乗って槍を振り回すなんて――しかも優勝しろとか無理にもほどがある。

「しかし兄さん、俺は……ああ、頭が痛い……試合なんて無理です」

海斗はわざとらしく怪我した頭を押さえて同情を誘った。

「ジュリアーノ、メディチ家の男ならできるはずだ。何、お前を負かすような猛者は出場させないさ。問題は公平を期すためにパッツィ家の者も出ることだが……、お前ならきっと優勝できる」

ロレンツォは海斗を勇気づけるように背中を叩く。けっこう痛くて、怪我に障った。こっちはメディチ家の男ではないのだと突っ込みたくてたまらない。

「それに今度のイナモラータはお前が名指ししたシモネッタだ。シモネッタのためにも、勝たなければ騎士とは言えない。少し前までシモネッタのために何が何でも勝つと息巻いていたじゃないか」

理解できない単語がいくつかロレンツォの口から飛び出て、海斗はまた考え込んだ。単語なのか名前なのか、だんだん分からなくなってきた。シモネッタとは誰だろう？　あとでマノロにくわしく聞くしかない。

「とはいえ、今の状態では闘うどころではないことも分かっている。それで、どうだろう？　郊外にある別荘にしばらく滞在しては。槍の教師を同行させよう。人目につかない場所で練習に励むといい」

　ロレンツォは明るく笑って言った。要するにこっそり練習しておけということか。フィレンツェを離れるのは現代に戻る手立てを失うようで嫌だったが、何の練習もなしに馬上槍試合などに放り込まれるのはもっと嫌だ。海斗がしているスポーツと違い、この時代の競技は容赦ないはずだ。槍で突かれてお陀仏ということもありうる。

「名誉あるメディチ家の男が否とは言うまいな？」

　どうにか逃れる術を模索していた海斗に、ロレンツォの目がギラリと光った。金持ちの家の男と間違われてラッキーと思ったのは大間違いだった。こんな大役を押しつけられるとは。

「うう……。分かりました……」

　海斗が仕方なく頷くと、ロレンツォはホッとしたように頷いた。海斗が変なことを言いださないか心配していたのだろう。

「よかった、では一週間後には出発できるよう取り計らおう。郊外の別荘はお前も好きでよく行っていた場所だ。行けば記憶も蘇るかもしれない」

　肩の荷を下ろしたようにロレンツォは快活な口ぶりになった。海斗のほうは先々が不安で笑う気になれない。くわしい試合の日程を聞くと、来年一月二十九日だそうだ。二ヵ月くらいしかない。この怪我を抱えて馬上槍試合とか正気の沙汰じゃない。

（俺はそれに出ていいのか？　本当の歴史ではジュリアーノは優勝したのだろうか？　っていうか槍って。ゲームじゃあるまいし）

出るのも憂鬱だが、実際に出ていいのかどうかに関しても頭が痛かった。記録に残るようなことは極力避けたかった。せめてジュリアーノという人物がどういう足跡を辿ったか分かればいいのに。

他人の人生を生きなければならないという重荷に、海斗は早くも挫折しかかっていた。

3　君は誰？

サン・ロレンツォ聖堂を出た後、ロレンツォはヴェロッキオの工房へ行こうと海斗(かいと)を誘った。

海斗は頭の中が馬上槍試合(ばじょうやりじあい)のことでいっぱいだったが、ヴェロッキオ工房についてその憂鬱(ゆううつ)さも吹っ飛んだ。

「ここは……!!」

ロレンツォが連れてきてくれた工房は石造りの大きな建物で、たくさんの芸術家が彫刻をしたり絵画を描いたりしていたのだ。海斗の身長よりも大きな絵を描いている者もいて、工房は活気づいていた。

ロレンツォの姿を見ると、多くの人が寄ってきて挨拶(あいさつ)をする。親方らしき男が大きな声で笑いながら近づき、ロレンツォと海斗を見やった。

「ロレンツォ様、陣中見舞いですかい。ジュリアーノ様、落馬されたと聞きましたけど、ご無事なようで」

親方は野太い声で話しかけてくる。ロレンツォから名前を聞かされて驚いた。アンドレア・デル・ヴェロッキオ――『キリストの洗礼』を描いた芸術家だ。見た感じは大きな丸い顔に小さい目、樽みたいな腹に野太い声で狸みたいだ。この男があんな繊細な絵を描いたとは想像できない。

「制作のほうは進んでいるか？」

ロレンツォは彫っている途中の像を見上げて微笑む。等身大の人間らしき形ということまでは分かるが、ここからどんな芸術が生まれるのか海斗には予測できなかった。ロレンツォが目をかけていることといい、ここは大きな工房なのだろう。歳をとった者から小さな見習い風の子どもまで働いていて、芸術家のパワーにあふれている。海斗は絵や彫刻は見る専門なので、彼らが生き生きと何かを生みだそうとしている姿に感銘を受けた。

「ところでレオナルドは？」

ロレンツォがきょろきょろとして言う。

「レオナルドなら、奥にこもってまさぁ」

ヴェロッキオが小部屋を指して言う。海斗はドキドキしてきて、落ち着こうと深呼吸した。ロレンツォはヴェロッキオに言われた小部屋をノックして、ドアを開ける。

「レオナルド」

ロレンツォの呼びかけに、イーゼルの前に立っていたレオナルドが振り返った。部屋は油彩の匂いで眩暈がするほどだったが、ロレンツォの背中越しに見覚えのある絵が目に入って、海斗は興奮して叫んでしまった。

「受胎告知！」

怪我をする前に、まさに見入っていた絵が、今目の前にある。しかもまだ出来上がっていない部分があるなんて――海斗は感動して身を震わせた。

「……？」

海斗の叫びにいぶかしむようにレオナルドが眉を寄せる。ロレンツォも驚いたように海斗を振り返ったが、苦笑してレオナルドに向き直った。

「そんな顔をしないでくれ。ジュリアーノも反省しているようなんだ。君と仲直りがしたいと頼まれてね」

ロレンツォは海斗の肩を抱き、レオナルドに近づけるようにした。レオナルドはガラス玉のような不思議な瞳をしていた。その瞳は最初興味なさそうに海斗を見ていたが、ふいに強い光が宿って海斗をじっと見据えてくる。

レオナルドの鋭い眼力に気おされ、海斗は後ずさりしそうになった。

「……君は誰だ？　本当にジュリアーノなのか？」

レオナルドの口から潜めた声が漏れる。海斗はどきりとして背筋を硬くした。海斗とレオナルドの間に張り詰めた空気が漂い、息をするのも困難になった。

「さすがレオナルド、分かるのか、ジュリアーノの異変が」

海斗たちの緊張に気づかなかったようにロレンツォが感嘆した声を上げた。

「実はジュリアーノは落馬した際に頭を打ってね、記憶をなくしてしまったんだ。そのジュリアーノがレオナルドを見て胸が騒ぐという。きっと喧嘩をした時のことが咽の辺りまで思い出せているに違いない。レオナルド、ぜひジュリアーノの記憶を戻す手助けをしてほしい」

ロレンツォはレオナルドの手を握り、熱く訴える。レオナルドはにこりともせずに海斗を見据え、唇を一文字にしている。

「ジュリアーノ、私は彼らと話をしているから、ちゃんと仲直りするんだぞ」

ロレンツォはそう言うと、海斗の肩を叩いて部屋から去っていった。部屋の中にレオナルドと二人きりになり、海斗は一体何を話せばいいのかと手に汗を握った。

「……ロレンツォ様は現実逃避しているのか？」

レオナルドはそう呟くと、海斗の前に進んで氷のように冷たい眼差しを浴びせてきた。実際しゃべってみると、レオナルドは独特な空気を持った人物というのがよく分かった。海斗が思い描いていたダ・ヴィンチ像とはだいぶ違う。

「君はジュリアーノではない。確かによく似ているが……骨格も顔の左右の対比もわずかに違う。怪我をしたと聞いたが、骨格まで変わるはずがない」

レオナルドにそう断じられ、海斗は思わず身震いしてしまった。誰もが海斗をジュリアーノだと信じて疑わないのに、レオナルドだけは違うと断言している。やはり只者(ただもの)ではない。ぞくぞくするような愉悦と、この人ならという一縷(いちる)の希望を抱いた。

「そうだ、俺はジュリアーノじゃないんだ」

海斗は外に聞かれないように潜めた声でレオナルドに迫った。レオナルドが目を見開いて腕を組む。

「誰も信じてくれなかった、君だけだ、君だけが俺を……」

自分は二十一世紀からやってきた——そう言いかけようとして、海斗はぐっと唇を嚙(か)んだ。いくらレオナルドが天才とはいえ、さすがにこんな荒唐無稽(こうとうむけい)な話を信じてもらえるとは思えない。

「俺は……、何故(なぜ)かジュリアーノと入れ替わってしまった。自分のいた世界に……家に戻りたいんだが、それができなくて……」

海斗は言葉を選びつつ、言い募った。レオナルドは黙って海斗を見つめている。

「俺は君のことをよく知っている。信じられないだろうけど、君の生涯を知っている。君は天才だ、俺を助けてくれるんじゃないかと……俺はこの世界で一人きりで……」

しゃべり始めると今まで抑えてきた思いが次々あふれ出して止まらなくなった。見知らぬ時代に突然連れてこられて、頼る人もおらず、真実を理解できる人もいない。自分は孤独に押しつぶされそうだったのだと改めて気づいた。

ただの高校生だった自分には、こんな現実は受け止めきれない。

「……ふーむ、なるほど」

ふいにレオナルドの瞳が柔らかくなった。それまで張り詰めていた空気も消え、硬かったレオナルドの唇の端が吊り上がる。

「どうやら奇妙な出来事に遭遇しているらしいね。最初は何か謀っているのかと思ったが、そういうタイプではないようだ。くわしく聞かせてくれるか？」

レオナルドは絵筆を洗いながら言う。

「いや、でも」

信じてもらえるとは思えない――海斗の怯んだ声に、レオナルドが筆を置く。

「瓜二つの男が入れ替わるなんて、事件だ。しかも片方はそれを望んでいない。それも問題だが、君は自分の『いた世界』と言った。国でも村の名でもなく、世界。変な言い方だね。隠したいか、説明できないか、どちらかなのだろう。そして、個人的に気になるのは私の生涯を知っている、という言い方だ。君は預言者か？　私がいつ死ぬかまで知っていると？」

レオナルドにまっすぐ見据えられ、海斗はごまかすべきか一瞬悩んだ。

けれど、この世界で初めて自分を分かってくれるかもしれない相手に出会えた。嘘やごまかしはふさわしくない。理解してもらいたいなら、すべて見せるしかないと海斗は判断した。

「知っているとも。君はヴィンチ村で生まれて公証人の父を持ち、この工房に弟子入りした。君は絵画や彫刻のみならず、科学者、音楽家、建築家、他にもたくさんの面を持っている。飛行機の元になる発明品が描かれたスケッチは素晴らしかった。君は絵画をより好み、『最後の晩餐』や、『モナ・リザ』という最高傑作を生みだして、六十七歳でこの世を去る」

海斗が一気にまくしたてると、レオナルドは呆気にとられたように棒立ちになった。

しまった、言い過ぎたかと海斗は口を押さえた。いくら知っていたからとはいえ、自分の死ぬ年齢まで知りたい者はいないはずだ。

「分かってもらおうとして俺は本当に馬鹿だな。ダ・ヴィンチ展に長時間並んで見に行ったくらい好きなんだけど」

海斗はわざと日本語で呟いた。レオナルドが日本語を理解できるわけがないと分かった上の行動だ。

「………」

レオナルドは微動だにせず海斗を見つめていた。その瞳が燃えるような光を放ち、レオナルドの身体から一瞬湯気が立ち上ったように見えた。それは目の錯覚だったが、レオナルドがすごい勢いで海斗の肩を掴み、顔を近づけてきた。

「面白い！」

レオナルドは興奮した声を上げた。最初の素っ気ない態度が嘘のように、海斗と額を突き合わせて大きく目を見開いている。レオナルドの青い瞳は美しく澄んでいて、吸い込まれそうだった。

「今の言葉はどこの国の言葉だ？　飛行機とは何だ？」

レオナルドは掴んだ手に力を込めて、声を震わせる。そうか、この時代には飛行機など存在しない。飛行機という言葉すらできていないのだと海斗は気づいた。

「それは空を飛ぶ機械と捉えていいのか？　ずいぶん前から私の頭にある空を飛ぶ仕組み——まだ誰にも話したことがないが、君は何故それを知っている!?」

意気込んで聞かれ、海斗はレオナルドの迫力に圧倒されて後ずさった。歴史に名を残す人物だけあって、レオナルドの熱量はすごいものだった。

「私の寿命まで知っているとは君は神か!?　それとも預言者？　私のことなら何でも知っているのか、私の頭の中まで!?」

大声で問われ、海斗は急に焦ってきた。言ってはいけないことまで言ってしまったのではないかと不安になったのだ。この時代にいるはずのなかった自分が、この時代の人間が知るはずのない未来を語る——それはご法度なのではないか。

「すまない、言い過ぎた。全部知っているわけではない、君はその……俺のいた世界では有名人だったので、通り一遍のことは知っているってだけなんだ」

どう説明していいか分からず、海斗はレオナルドを落ち着かせるように肩にかかった手をやんわりと解いた。レオナルドは興奮を抑えきれない様子で、両手を大きく動かした。

「もっと具体的に話してくれないか。何故君が自分のいた世界からここに来たのか、君のいた世界とはどんなものなのか」

レオナルドは焦れたように聞く。

海斗は躊躇しつつ、口を開いた。

「俺は——今から五百年以上先の未来から来たんだ」

海斗が思い切って言い出すと、レオナルドはぽかんと口を開いた。その顔を見ていたら、やはり信じてもらえるはずがないと後悔した。レオナルドはやがて室内をぐるぐる歩き始めた。瞼をほとんど閉じ、腕組みをしながら部屋中を歩き回っている。

「レオナルド、俺は——」

分かってくれなくていい、と諦めて言いかけた瞬間、ぴたりとレオナルドの足が止まった。そしてくるりと海斗に向き直る。

「分かった、信じよう」

思いがけない言葉に、海斗は驚いて言葉を失った。これが反対の立場なら、自分は絶対に信じない。こんな荒唐無稽な理由——冗談にしか聞こえないからだ。

「し、信じてくれるのか……？　どうして？」

　海斗は湧き起こる熱い感情に身体を震わせ、レオナルドを凝視した。自分の話に適当に合わせているのかと思ったが、レオナルドの目は澄んでいた。

「常人には思いつかない理由だったからだ。時間を超えるなど……そんな馬鹿げた発想をした人間に会ったことがない」

　レオナルドの答えは単純だった。

「そんな理由を話して私を信じさせることなどできるはずがない。だが荒唐無稽すぎて、逆に信じる気になった」

　レオナルドは論理的思考で海斗の話を信用してくれたのだ。嬉しくて有り難くて、気づいたら涙を流していた。こんな理由、絶対に信じてもらえないと思っていた。

「ここに来る前、俺は美術館で……、つまりこういった絵画を並べた大きな建物があるんだが……、君のこの絵を見ていた。『受胎告知』。天使の羽は鳥の翼を模写しているとか、ここに描いてある花々にはちゃんと名前があるとか、……後世の人々は君のことを研究してそういったことを説明しているんだ。美術館で見たものより美しい色をしている。最初はこんなに色鮮やかだったんだね」

　海斗は『受胎告知』を見て呟いた。

「五百年以上先もこの絵は残るのか。やはり絵画の持つ力は偉大だな。この絵は親方との共同作業だが、それもちゃんと伝わっているのか？」

レオナルドは海斗ほど感心した様子はなかったが、それでも誇らしげに絵を見て言う。

「君の名前が偉大すぎて、多くの人は君一人で描いていると思っている。だがちゃんと伝わっているから安心してくれ」

「まぁそれはいい。それより君の世界のことをくわしく話してくれないか。未来がどうなっているか、教えてほしい」

レオナルドは急(せ)くように海斗を促した。何から話せばいいのか、と頭を巡らした時、ノックの音がしてロレンツォが顔を出した。

「ジュリアーノ、もう帰るよ」

ロレンツォはちらりとレオナルドを見て、「仲直りしたようだね」と微笑んだ。海斗たちの間に流れる空気を察知したのだろう。

「すぐ行きます」

海斗がそう言うと、ロレンツォは表で待っていると背中を向けた。

「残念だ、ここから肝心の話なのに」

レオナルドは名残惜しげに唇を嚙む。

「よかったら、家に来てくれないか。俺は一週間後には郊外の別荘に旅立つ。部屋でゆっくり話がしたい」

海斗はレオナルドに手を差し出した。レオナルドが固くその手を握り、大きく頷(うなず)く。

この世界にやっと仲間ができた。

孤独に陥りそうだった海斗は、心の底から笑顔になった。


レオナルドと特別な関係になれたことは、海斗にとって喜ぶべきことだった。不慣れなこの世界で、真実を語り合うことができる友達ができたのだ。しかも愛すべきレオナルド・ダ・ヴィンチだ。この一人の友達は万人にも匹敵する。

メディチ家での生活も、少しずつ慣れてきた。蛇口をひねればお湯が出るような生活をしていたので、井戸で水を汲(く)んだり、朝起きて冷たい水で顔を洗わなくてはいけない時、今まで自分はどれだけ恵まれていたのかと思い知らされる。食事は豪勢だが、ここでは小麦が主食で米は存在しない。着ているものや靴はすべて手作り、暖房器具は暖炉しかないので非常に寒い。テレビはないし、ラジオもない。スイッチ一つでつく明かりもない。

文明の利器というものをいっさい排除された生活だ。それでもメディチ家が裕福だったので、生活に支障はなかった。メイドの話ではジュリアーノの父親は痛風になって亡くなったそうだが、きっと食事が豪華だったせいだろう。

海斗はマノロに馬上槍試合の話をくわしく聞いた。サンタ・クローチェ広場で槍を持った騎士が大勢出場し、闘い合うというものらしい。五年前にはロレンツォも出場し見事優勝を飾ったとか。その時はロレンツォの婚約を祝して催したそうだ。

その広場は海斗も覚えている。サンタ・クローチェ聖堂の前にある広場だ。

「シモネッタって誰なんだ？」

海斗の問いにマノロは呆れたように天を仰いだ。

「絶世の美女、フィレンツェ一の美女、シモネッタ様ですよ！　本当に忘れてしまったんですかい。あんなに大騒ぎしていたのに」

シモネッタが誰なのか分からないが、海斗の記憶にはないから有名人物ではないのだろう。イタリアの男性は女性好きが多いから、美しい女性は話題の的になるらしい。テレビやネットがなくても、人々の口を使って噂はたちどころに広がる。

「一度見たことがありますが、それはもうため息が漏れるような美しさでしたよ」

マノロは当時のことを思いだしたのか顔がにやけている。

馬上槍試合についても聞いてみたが、毎回多くの観客が押し寄せる一大イベントらしい。娯楽の乏しいこの時代においては、騎士たちが闘う姿に観客は酔いしれるのだろう。見ているだけならいいが、自分がその大会に出場するとなると大事だ。そもそも甲冑をつけて闘うらしいが、甲冑なんて着たこともないし、槍も扱い方が分からない。たった二ヵ月で会得できるようなものなのだろうか。

「出なきゃ駄目だろうか……出たくないなぁ……替え玉とかできないのかな」

頭の傷は完治したわけではない。海斗が情けない声を出すと、マノロが哀れむような眼差しを送ってきた。

「パッツィ家の者はジュリアーノ様を確実に狙ってきます。この大会ではたとえ死者が出ても咎められないことになっているんです。もちろん、騎士としてあるまじき行為をした者には相応の罰が下されますが……」

海斗は青ざめて頭を抱えた。

「マジかよ……」

合法的殺人まで許されるなんて、それこそ冗談じゃない。いっそ逃げようかと思ったが、ここを離れてどこへ行くというのだ。現代に帰る手段が見つからない今、海斗はできる最大の努力をしなければならなかった。

出発の三日前にはレオナルドがメディチ家を訪れてくれた。レオナルドはなかなか現場を離れられなかったと言い、海斗と二人きりになりたがった。海斗は自分の部屋にレオナルドを招き、人払いをして話を始めた。

海斗の部屋——正確にはジュリアーノの部屋は大きなベッド、装飾の入った箪笥、高価そうな布張りの長椅子、大きな暖炉が置かれている。海斗は慣れない手つきで暖炉の火を弄っていた。レオナルドが火掻き棒をすっと奪い取り、器用に火を熾す。

「君に聞きたいことが何百も浮かんできて、あの日は眠れなかったよ」

レオナルドは海斗に微笑みながら言う。

「俺も君のことを思い出してあの日は眠れなかった。ジュリアーノと骨格が違うという話……、君の観察眼はすごい」

海斗もレオナルドに正体がばれた時のことを思い出して微笑む。

「絵描きというのは皆そうなのかな。いや、やはり君は特別な人なのだろう。寿命を明かしてしまったが、どうかそれに囚われないでくれ」

暖炉の炎に目を奪われながら、海斗は小声で言った。

「どうして？　自分が思ったよりも長生きすると知って、喜んだくらいだよ」

レオナルドは火掻き棒を立てかけて、肩をすくめた。

「自分が描くらしき作品については思うところがあるがね。最後の晩餐はいつか絵にしたいテーマではあった。モナ・リザというのは、今の私にはよく分からないが……」

海斗はひやりとしてレオナルドを見た。『モナ・リザ』はダ・ヴィンチの代名詞とも言える作品だ。確か描かれたのは後期――。これからは言葉に気をつけなければと、肝に銘じた。

「君も質問したいだろうが、まずは俺の話を聞いてくれるか？」

海斗は暖炉の前に置かれた長椅子に腰を下ろして言った。

「聞こう」

レオナルドが横に座り、身を乗り出す。

海斗は一呼吸置いて、自分が現代からこの世界に飛ばされた時のことを話した。銃で撃たれて気づいたらヴェッキオ橋の近くで倒れていたこと。自分の顔とジュリアーノの顔がそっくりで、ジュリアーノ自身は近くにいなかったこと。ロレンツォも周囲の人も海斗をジュリアーノと信じて疑わないこと――順を追って説明した。

「なるほど。分かってきた。君はとても理路整然と話すタイプのようだ。感情は抑え込む傾向にあり、常に冷静であろうとする」

レオナルドは感心したように頷く。

「俺の分析はどうでもいいんだ。そもそも俺はイタリア人ではない、日本人なんだ。歳もジュリアーノとは違うし、非常に困っている」

「日本人……？」

レオナルドにいぶかしげに聞かれ、海斗はその説明からしなければ駄目かと頭を悩ませた。

「この時代では……ジパング、というのかな」

マルコ・ポーロを思い出して言うと「東方見聞録か」とレオナルドも納得したようだ。

「この国とはだいぶ離れている場所だ。祖母がイタリア人で、夏休みの観光旅行をしていたんだ。妹の麗華(れいか)と一緒に……」

麗華の顔が浮かんで海斗はしんみりした。海斗がこんな場所に飛ばされているなんて、麗華は夢にも思わないはずだ。今頃、どうしているのだろう。

「自分の世界に帰りたいんだが、方法が見つからない。君はどう思う?」

海斗がすがるように聞くと、レオナルドは炎を見つめ考え込んだ。

「……本当に何も予兆はなかったのか? その強盗とやらは偶然現れたのか?」

レオナルドに重ねて聞かれ、海斗は首を振って偶然だと答えようとした。その時、頭の中にあの日の光景が過った。

(憎きメディチ……。そういえばあの時、男がそう呟いたような……?)

川に落ちた時も、ジュリアーノと呼ぶ声が聞こえてきた。今まですっかり忘れていたが、あれはまさに予兆だったのか。

「思い当たる節があるのか」

レオナルドの目がきらりと光る。

「今思い出したんだが、川に落ちる前に憎きメディチという声を聞いた。だが聞き間違いかもしれない……はっきりは覚えていないんだ」

海斗は自信がないままに呟いた。

「メディチ家と対立する者と言えばパッツィ家だろうな。君が知っているかどうか知らないが、メディチ家と同じくらいの力を持っている一族だ。新興勢力のメディチ家を快く思っていない」

パッツィ家の名前がまた出てきて、海斗は胸が騒いだ。パッツィ家と聞き、おぼろげに浮かんできた記憶がある。

「パッツィ家といえば……たくさんの人が処刑されたんじゃなかったっけ？　首吊り（くびつ）りされた人を君は写生したはずだが……」

海斗はうろ覚えながら呟いた。レオナルドの表情がすっと強張（こわば）ったかと思うと、真剣な眼差しで海斗を見据える。

「それはいつ？」

レオナルドの瞳が異様な輝きを見せたことで、それはまだ起こっていないのだと海斗は気づいた。美術館や歴史書を何げなく見た際に頭に残った記憶なので、はっきりとした年代は覚えていなかった。メディチ家とパッツィ家がぶつかって、結果メディチ家が民衆の心を得たのはなんとなく覚えている。その衝突の際にパッツィ家の者たちが処刑されたのだろう。

（胸が騒ぐ）

海斗は胸の辺りを撫で回し、不安で眉を寄せた。

何故だろう。

はっきり思い出せないが、これは重要な記憶だった気がする。こんなことならもっとフィレンツェについて知っておくべきだった。まさか自分が関わることになるなんて、夢にも思わなかった。

「駄目だ、分からない」

海斗は諦めて首を横に振った。

「そうか、ではこの先の未来において、パッツィ家はメディチ家に敗れ、悲惨な末路を辿るというわけだな。その場に居合わせた時、君の言葉が真実だったと分かるだろう」

レオナルドは未来に思いを馳せているのか、遠い目つきになった。海斗は改めてレオナルドに向き直った。

「俺のいた世界では、こういった時に歴史を変えないことが重要だと言っている。俺はジュリアーノの人生を生きる羽目になったが、ジュリアーノがどういう人生を送ったか知らないんだ。俺はどうふるまうべきなのか——何をしてもよくて、何をしては駄目なのか、皆目見当がつかない。ただの庶民ならよかったのに、よりによって俺のいる世界でも有名なメディチ家の一員になってしまった。正直、非常に困り果てている。一月には馬上槍試合もあるらしいが、そこに出てどういう結果を残せばいいのか……」

海斗が腹に溜めていた不安をぶちまけると、レオナルドは考え込むように顎を撫でた。

「何故歴史を変えてはいけないんだ？」

何故、と聞かれたのは意外だった。海斗にとっては当然の法則だったからだ。

「たとえば俺のいた世界では有名な武将がいるんだが、その武将は家臣に討たれて志半ばで亡くなった。彼が生きていたら、その後の歴史が大きく変わっていたに違いないと言われている。だがそれでは困るんだ。俺のいた世界を変えたくない。運よく元の世界に戻れても、見知らぬ世界が広がっていたら絶望する」

「なるほど。君は自分のいた世界が好きなんだね。帰るべき家族や恋人がいるから？」

レオナルドに微笑まれ、海斗は妙に恥ずかしくなってうつむいた。

「いや、家族はいるが俺はただの高校生だから……、君だってわけの分からない世界に飛ばされたらこの世界に帰りたいと思うだろう？」

「どうかな。私は行ってみたいけどね」

レオナルドにさらりと言われて、海斗はびっくりした。

「帰れないかもしれなくても？　誰も知り合いのいない、孤独な人生になっても？」

海斗には信じられなくて、つい声が高くなってしまった。レオナルドはさして悩んだふうもなく、頷いている。

「時を移動するなんて、素晴らしい体験だ。もし可能ならすぐに飛びつくよ」

レオナルドは海斗と違い、楽しそうに語っている。レオナルドには心残りになる家族や友人、愛する人はいないのだろうか。それともこの時代の人はこういう思考なのか。いや――おそらくレオナルドの知的欲求がずば抜けて高いからだろう。レオナルドは知らない世界を知りたい、それだけなのだ。

「君のいた世界はどんなところなんだ？」

レオナルドは持ってきた紙を広げて、ペンを取り出した。

「空を飛ぶ機械についてぜひ知りたい。ずっと未来では、人は空を制覇しているということなんだね？」

レオナルドは数枚のスケッチ画を海斗に見せた。人が飛ぶのに必要な羽の長さや、鳥の構造が描かれている。たかがスケッチなのに、ため息が出るほど美しい。海斗は飛行機について説明しようとして、はたと口を閉じた。

これはまずいかもしれない。自分がレオナルドに話すことによって、彼の描くスケッチに変化が出たら困る。

「君にくわしく話して君の描く絵に変化が起きたら困るから言えないよ……」

話を急かすレオナルドに、海斗は申し訳ないと思いつつ言った。レオナルドはあからさまにがっかりした様子で海斗を睨む。

「それこそ知りたかったことなのに！　もったいつけないでくれ、私の想像だけでは限界があるんだ」

「実際に人が空を飛んだのは一九〇三年だ。だからこそ君のスケッチに価値があるんじゃないか」

「そんな先の話なのか」

レオナルドは愕然とした様子で肩を落とした。その姿を見ていたら、少し可哀想になったが、電気もつかないこの時代の人間にジェットエンジンやプロペラの話をしても意味がない。

「それより差し迫った問題について考えてくれよ。俺は馬上槍試合に出るべきなのか、出て負けてもいいのか、勝つべきなのか――」

海斗はレオナルドの素描画を眺めながら意見を仰いだ。

「好きにすればいい」

レオナルドの意見はあっさりしたものだ。

「好きにできないから聞いているんじゃないか」

海斗が苛立って声を尖らせると、レオナルドはペンを取り出して紙に何か描き始めた。

「この先の歴史を知らないのは私も同じだ。だから好きにしろと言っている。ただジュリアーノは馬上槍試合に意気込みを見せていたようだ。必ず勝って、シモネッタの愛を勝ち取ると息巻いていたのを見かけたことがある」

レオナルドはちらちらと海斗を見ながらしゃべっている。何かと思ったら、海斗の顔を描いていたのだ。滑らかに動くペンさばきは見惚(みと)れるほどだった。

「そうか……俺は馬に慣れていない。乗馬をしたことはあるが、本格的にはやっていない。その上、槍だろう？　触ったこともないし、優勝なんて無理だよ」

海斗は馬上槍試合が憂鬱でたまらなくなった。

「馬に慣れていないって、どうやって移動するんだ？」

「俺のいる世界では交通機関が発達していてね。車や自転車、電車に飛行機……、馬に乗れる人なんて少数だよ」

レオナルドの走らせるペンの音が心地いい。紙を滑るシャッ、シャッという音に目を閉じて、海斗は大きく伸びをした。

「車……、馬車、ということか？」

「いや動力源は——」

エンジンと言いかけて、海斗はじろりとレオナルドを睨んだ。レオナルドの巧みな誘導で話すところだった。

「説明してもきっと分からないって」

海斗がそっぽを向くとレオナルドが笑ってペンを動かす。

「ジュリアーノは均整の取れた身体つきをしていた。顔も魅力的だ。彼とは仲が悪かったが、一度描いてみたいと思っていたんだ」

　レオナルドはそう言って海斗を覗き込むようにした。

「君と近しくなれて嬉しい」

　潜めた声で言われて、思わずどきりとして振り返ってしまった。レオナルドは表情をなくしたまま海斗を見つめ、ただひたすらにペンを走らせている。ふっと空気が変わった気がして、海斗は息を詰めた。

　先ほどまで軽口だったレオナルドは、別世界にいってしまったみたいに真剣に海斗を描いている。

　海斗は黙って動きを止めた。

　レオナルドがひどく集中しているのが空気を通して伝わってきたからだ。天才と言われる人と凡人の違いは、この集中力にあるに違いないと海斗は思っている。一瞬で自分だけが入れる深い世界に潜ることができるのだ。

「レオナルド」

　ためしに海斗は呼びかけてみたが、レオナルドはまるで声など聞こえないようにずっとペンを滑らせている。

　海斗はぞくぞくとして懸命に同じ格好を保った。スポーツをする者の中には、まれにゾーンと呼ばれる世界に入る者がいる。いわゆる極限の集中状態だ。その時は周囲の動きが止まって見え、ありえない力を発することができる。

フェンシングをしていた時、海斗も中学生時代に一度だけ味わったことがある。その時は地区大会で優勝した。その後は一度もできなかったので、ゾーンに入るにはいろいろなスイッチを入れることが必要なのだろうと悟った。

今のレオナルドはまさにそれに近かった。完全に海斗を描くことに没頭しており、何を話しても答えてくれない。海斗はこの集中力はどれくらい続くのだろうと見ていた。

——レオナルドは、やはり特別な人間だった。ゆうに二時間は、その状態を保っていたのだ。

「ああ、またやってしまったか」

我に返った時、レオナルドはぱちんと額を軽く叩いた。スケッチは出来上がり、海斗の横顔がリアルに描かれている。

「描き始めると、周りが見えなくなるんだ。君の顔はなかなか描いていて面白かったよ。記念にあげよう」

レオナルドは肩を鳴らして長椅子から立ち上がると、海斗の絵を差し出した。

「光栄だよ」

海斗は微笑んで受け取った。海斗もずっと同じ姿勢で座っていたから、肩や首が凝っている。

「遅くなったからもう帰るよ。仕事は山積みなんだ」

夕食を食べていけばという海斗に、レオナルドはそう言って帰っていった。海斗の手にはレオナルドのスケッチ画が残っている。この絵が後世に残ることを期待して、海斗はいつまでも眺めていた。

4　美しいシモネッタ

ロレンツォの決めた予定通り、海斗はフィレンツェ郊外にあるフィエーゾレという村にしばらく滞在することになった。

フィエーゾレまで馬車を使って数時間かかるらしい。海斗の時代なら一時間程度で行ける距離だが、この時代はまだ舗装されていない道のほうが多く、ゆっくり行くことになった。出発の少し前からメイドたちが海斗に近づいてきて「どうぞ、お世話係は私に」と小声で囁くようになった。ジュリアーノはかなりモテる男だったらしく、若い女性はこぞって彼の世話をしたがる。正体を偽っている罪悪感があったので、ロレンツォからリクエストを聞かれた際に、世話係は年配の女性がいいと言っておいた。

フィレンツェを去るのは不安もあったが、それ以上に頭の痛い馬上槍試合をやり遂げるために、海斗は気持ちを切り替えた。

メディチ家には甲冑や槍や剣、さまざまな武具や武器が飾られた部屋があって、ためしに長槍を持ち上げてみた。当たり前だが重い。槍というからには突くのだろう。フェンシングでも当然突きはあるが、重さが、けた違いだ。

出発の日はロレンツォだけでなく、ロレンツォの子どもたちや使用人がそろって見送りに出てくれた。

「ジュリアーノ、向こうでゆっくり過ごすといい。現地でお前に槍の扱い方を教えるルイージという男が待っているはずだ」

ロレンツォは海斗を抱きしめて優しく言った。

「ありがとうございます、兄さん」

海斗は殊勝な顔で別れを告げ、馬車に乗り込んだ。馬車は二頭引きで、しっかりした造りだ。メディチ家の馬車なので金ぴかの馬車を想像していたが、木製のシンプルな形だった。とはいえ内部は上等な布の長椅子(ながいす)に凝った装飾がつけられた窓枠と、お金をかけるところはかけている。見た目は質素で中は豪華というのがメディチ家の方針らしい。

海斗に付き添うのは従者のマノロと使用人が四人。若い女性がいなくてホッとした。好意は嬉(うれ)しいが、まとわりつかれるのは好きではない。

(馬上槍試合か……)

街道を進む馬車の中、海斗は憂鬱(ゆううつ)になってため息をこぼした。砂利道が多いのか、馬車はよく揺れる。揺れが激しくて眠ることも読書することもできないので、思考するしかなかった。

周囲の話ではジュリアーノは何が何でも優勝すると言っていたそうだ。だとすれば海斗も優勝を目指すしかないだろう。頭の怪我はだいぶいいが、それでも激しい運動をして痛みがぶり返さないか心配だ。そもそも槍で闘い合うという経験がないので、どれほど危険なのか分からなかった。フェンシングのようにポイントをとれば勝ちというわけではないのだろう。落馬したら即負けらしいというのは聞いた。だとすれば、より早く相手を馬から落とすのが勝ちへの早道かもしれない。

（足は……大丈夫か）

海斗は馬車の中で足を踏み鳴らし、感触を確かめた。

踏み込むと時々痛みを発するが、馬上においては下半身より上半身の力を鍛えるべきだろう。

（この時代の馬の乗り方がそんなに違ってなくてよかった）

小窓から並行して走る馬を眺め、海斗は胸を撫で下ろした。ジュリアーノがいつも乗っていた葦毛の馬に数日前初めて乗ってみたのだが、鞍も鐙もしっかりとしたもので、乗馬経験がある海斗にとってほとんど違和感はなかった。少しするとふつうに乗りこなせるようになり、安堵したものだ。

（優勝か……）

優勝という言葉に苦い記憶が蘇って海斗は物思いに耽った。

高校二年生の夏の大会の時、瀬戸という選手と闘った。瀬戸は一つ年下で、関西で有名な選手だった。当時は認めたくなかったが、ずば抜けて強かった。向かい合ってサーベルを構えた瞬間、海斗にはそれが分かった。

瀬戸は寡黙な選手で、他の選手が話しかけても「ああ」とか「そう」くらいしか言葉を返さない。試合が始まるまではどちらかというと空気みたいに影の薄い存在なのだが、試合になると豹変するタイプだった。

海斗はサーベルを構えた時、背筋にぞくりとしたものを感じた。気を抜いたらやられる、と思ったので、全神経を集中させて闘った。結果、その夏はかろうじて海斗が勝った。

「いい試合だった、ありがとう」

試合を終えて、海斗は瀬戸に握手を求めた。試合が終わると瀬戸はそれまでの闘志を瞬時に消し去り、どこにでもいる凡庸な男に変わった。けれどじっと海斗を見つめ、こう言ったのだ。

「柏木さんは頭で考えている。だから次は俺が勝ちます」

早口でそう言うと、瀬戸は去っていった。海斗は呆気にとられ、しばらく間抜けな顔で瀬戸の背中を見ていた。

当時は瀬戸はよほど負けず嫌いなのだろう、くらいしか思わなかった。けれど半年後には瀬戸の言葉が真実だと思い知らされるようになった。他選手がどんどん伸びていく中、海斗の成績は伸び悩んでいた。常に上位にはいるものの、肝心の優勝が遠い。

そして瀬戸の言葉が深く沁み込んできた。

海斗は理論派で、頭で考えてから行動する。だが、それでは遅いのだ。感覚派の選手にどうしてもワンテンポ遅れてしまう。感覚を研ぎ澄まし、脳ではなく身体に意識を預けることが重要だった。

考える前に一手を出す――それがどうしても海斗にはできなかった。

海斗と違い、瀬戸は一気にトップに君臨した。その姿を見ているうちに、自身の限界と競技への熱が薄れていった。がむしゃらに練習を重ねて勝利を手にする熱血タイプならまだよかったのに、海斗はフェンシングに見切りをつけてしまった。

何に対しても熱くなることがない。海斗は自分のそういうところがあまり好きではない。負けて悔しいと思うものの、その悔しさは長く持続しない。天才と呼ばれる人のほとんどは努力家だということを海斗は知っている。自分は結局天才になれないのだとつくづく思い知らされた。

そんな自分が何故こんな目に遭っているのか――。

神というものがいるなら、どうしてこんな自分を選んだのか。海斗は馬車に揺られながら、不思議な気持ちを抱いていた。

フィエーゾレの別荘についた時には薄闇(うすやみ)が広がっていた。

フィエーゾレは小高い丘の上にあって、フィレンツェの街が一望できる。別荘の周りは緑が多く、この辺りは道も舗装されていないし、いかにも田舎っぽい。別荘はメディチ宮殿に比べるとこぢんまりとした横長の石造りの建物だった。

その日は早々に眠りにつき、翌日から行動することにした。

「ジュリアーノ様、初めまして。槍の教師を務めますルイージと申します」

翌朝、朝食を食べ終えた頃に赤ら顔のルイージが訪ねてきた。槍の教師というからいかつい人を想像していたが、腹の出た中年男性だった。

「ロレンツォ様から一から手ほどきするよう伺っておりますが……それでよろしいので？」

ルイージは戸惑い気味に聞いてくる。ロレンツォの弟なら、ある程度できるはずと思っているのだろう。

「お願いします」

海斗は真摯(しんし)な態度でルイージに頭を下げた。ルイージは目をぱちくりしている。イタリア流の頼み方ではなかったかもしれない。

練習用の槍は長さ二メートルくらいで、先端が円錐になっている。鉄でできているので、寒いこの時期に握るとひどく冷たい。

「ではまず構え方から」

ルイージは丁寧に海斗に槍の扱い方を伝授した。一通り習ってみると、それほど難しいものではなかった。問題は重さだ。四、五キロあるのではないだろうか。甲冑自体も重いだろうし、一番重要なのは体力をつけるということかもしれない。

ルイージもそれはすぐに分かったらしく、練習は突きの繰り返しとなった。

「なかなか筋がよいですよ、さすがでございます。ジュリアーノ様ならきっと優勝できるに違いありません」

ルイージは練習終わりにそう言って海斗を励ました。多分メディチ家に対するおべっかなのだろう。練習時間も二時間くらいで終わってしまった。こんな調子じゃ間に合わないと悟り、海斗は別荘の中庭で練習を始めた。

「体力が落ちているな……」

白い息を吐き出し、海斗は槍を地面に突き刺した。怪我の間ずっと寝たきりだったせいか、身体が重くなっている。すぐ息切れするし、フェンシングをしていた時の軽さはどこにもない。こんなことではまずいと、海斗は明日から体力づくりに走ることにした。

「マノロ、この辺を案内してくれ」

別荘の掃除を手伝っていたマノロは、これ幸いと海斗と一緒に馬で出かけた。ジュリアーノの馬は賢い馬で、海斗がいちいち手綱を引かなくてもマノロの馬に合わせて進んでくれた。長時間乗ると尻が痛そうだが、乗馬に関しては問題なさそうだった。

「あの酒場の娼婦はなかなかのものですよ」

最初は丘の上や森を案内してくれたマノロは、村の中心部に行くと小声でそんな話を始めた。マノロは女好きで、ここの店の女性は質がいいとか、この花屋の娘を狙っているとか、海斗に赤裸々な話をしてくる。

海斗はこれまでつき合った女性は二人しかいない。一人は告白されてつき合ったものの、フェンシングが忙しくて喧嘩別れになり、もう一人はフェンシング部のマネージャーだったので、部内でぎくしゃくした雰囲気になり続かなかった。恋愛に関して受け身、というのが海斗の欠点だ。正直言って、その人のことが好きで頭がいっぱいとか、彼女のためになんでもできるとかいう精神が理解できない。恋愛においても冷めている、と麗華にもよく言われた。

「俺はいいよ」

酒場に連れていこうとするマノロに顔を顰めたが、強引に誘い込まれて店の女性に囲まれた。若い女性は海斗を見て頬を紅潮させてしなだれかかってくる。時代が違えば女性との距離もこうも違うものかと海斗は驚いた。

もう一つ困るのが酒だ。皆、よく飲む。当然のように海斗にも勧めてくる。夕食の席でワインが出てくるのは当たり前だし、ジュリアーノも酒は好きだったのだろう。周囲の人がどんどん注いでくるのが参る。十八歳の海斗は飲酒をしたことがなかった。競技スポーツをしていたので、その辺は厳しく戒められていた。だからこの時代に来て、ぐいぐい来られると大変困るのだ。

怪我に障ると言って酒を断り、海斗は娼婦とイチャイチャしているマノロを置いて別荘に戻った。従者としてのマノロは失格だ。

フィエーゾレでの生活はこうして始まった。寒い冬をここで過ごすのかと思うと、海斗は恨めしげに夜空を見上げるばかりだった。

訓練は日々続けられた。自主練習をしていたせいか、最初は適当に教えようという態度だったルイージも海斗につられて次第に練習に気合が入ってきた。

「だいぶいいです。今日から甲冑をつけてやってみましょう」

槍さばきも慣れてきた頃、ルイージに言われて甲冑をまとった。

甲冑は一人では着られないので、マノロが装着してくれる。全身にガチャガチャする金属板を身にまとい、兜を頭からすっぽり被せられると、本当に重いと実感する。小さな子どもの体重くらいはある。

「冬でよかった」

甲冑姿で馬に乗ると、つくづくそう思った。暑い夏にこんなのを着たら、いっぺんで熱中症になる。一月に行われるのはラッキーだったかもしれない。馬のほうも海斗の体重に甲冑や槍の重みが加わって大変そうだ。

「槍を持ちながら走る訓練から始めましょう」

ルイージは一つずつクリアにしていく指導方法で、海斗のスタイルに合っていた。近くの森に行って槍を片方の手で持ちながら馬を走らせる訓練に勤しんだ。槍の重さで上体がぐらつき、最初はなかなか上手くいかなかった。バランスをとるのが一苦労だ。

だがそうやって槍の練習をしているうちに、忘れかけていた楽しさというのを思い出した。フェンシングを習い始めた時、こんなふうに夢中になって練習したのが蘇る。

（やっぱり身体を動かすのは気持ちいい）

練習の始めは凍えるほど寒いと思っても、馬を走らせているうちに身体が熱を持って風を心地よく感じる。フィエーゾレは田舎だが、田舎ゆえに自然が豊富で景観がよかった。

槍の練習もこなせるようになってきた頃、海斗はすっかりこの村に馴染んでいた。

身体のほうもだいぶ良くなってきたのもあって、マノロの同行がなくても一人で遠乗りに出かけるようになった。マノロは不用心だとうるさいが、今まで危険な目に遭ったことはない。いくら敵対する一族がいるとはいえ、されるとしてもせいぜい嫌がらせとか悪口だろうと高をくくっていた。しかもこんなところまで海斗を狙ってくるとは思えない。海斗の怪我をパッツィ家のせいにされて、むしろ申し訳ないくらいだ。

フィエーゾレに来てから規則正しい生活をするようになり、海斗は鳥の声で目覚め、焼きたてのパンを頬張り、健康になってきた。

「ちょっと馬に乗ってくる」

マノロが寝坊しているのを知り、海斗は使用人にそう告げて馬で散歩に出た。日本では馬で気軽に散歩というのは難しいが、ここでは馬でどこにでも行けるのが楽しくてたまらなかった。馬の世話をしてやると、いっそう馬も海斗に気を許し、一体化して走れるのが気持ちいい。マノロなどは馬の世話は下っ端の者がするべきと呆れているが、海斗は馬の世話すら楽しんでいた。

木漏れ日が降り注ぐ森の中、海斗は白い息を吐きながら馬を走らせていた。冬のキンと張り詰めた空気が頬を嬲る。こうしていると自分が異邦人であることも未来に不安を抱えていることも忘れそうだ。

馬の手綱を引き、歩を弛める。馬の身体が熱を帯び、湯気となって出ている。馬の身体を休めるようにゆっくりと歩かせていると、木陰に動くものがあった。

「……っ」

かすれた女性の呻き声。よく見ると木陰に青いドレスをまとった貴婦人がいた。木にもたれかかっているところから、具合でも悪いのかもしれない。海斗は気になって驚かせないようにゆっくりと馬を近づけた。

「あの……」

海斗が少し離れた場所から声をかけると、貴婦人がびくりとして顔を上げる。

目が合った瞬間、海斗は時間が止まった気がしてその女性に目が釘づけになった。

金茶の豊かな髪を胸に垂らした美しい女性だった。陶器のように滑らかで白い肌、光によって色が変わる瞳、ふっくらとした桜色の唇、儚げで思わず抱きしめたくなるような女性――海斗は目を奪われた。こんなに美しい人を見たのは初めてだったのだ。

「絵画から抜け出たような人だ……」

気づいた時にはそう呟いていた。

女性の唇がほんの少し弛み、海斗を見上げる。

「私も今、あなた様を見てそう思いました」

女性の口から音楽のように美しい声が漏れ、海斗は頬を赤らめた。女性はどこか痛むのか、胸を押さえて座り込んでいる。海斗は馬から降りると、そっと歩み寄った。

「あの……どこか悪いのですか？　何か手伝うことがあれば、遠慮なくおっしゃって下さい」

身を屈めて海斗が言うと、女性は長いまつげを震わせて弱々しく微笑んだ。

「少し具合が悪くなりまして……今、侍女が馬を探しに行っているところなのです。どうかお気遣いなく」

女性はそう言うと、苦しそうに咳をした。何だか気になる咳をしている。

「よかったら俺の馬に乗りませんか。送ります」

黙って素通りすることができなくて、海斗はそう申し出た。侍女がいるということは身分の高い女性なのだろう。森を抜けるまで距離があるし、スマホもないこの時代で簡単に馬が見つかるとも思えない。

「でもそれではご迷惑に……」

女性は躊躇するように目を伏せた。海斗は思い切って女性の手を取り、優しく立たせた。

「それこそ気にしないで」

海斗はそう言って女性を抱き上げて馬に乗せた。あまりの軽さに羽でも生えているのかと馬鹿な妄想が浮かんだ。女性は横座りで馬に乗り、自分は手綱を引き、ゆっくりと歩かせる。

「侍女はどちらのほうへ？　屋敷(やしき)が近いならこのままお送りしますが」

馬の背に揺られている女性に尋ねると、侍女が行った方角を示した。女性はフィレンツェを一望できるという丘に行こうと思ったようなのだが、途中で具合が悪くなってしまったと語った。

「その咳……もしかしてずっとですか？」

女性は時おりひどく苦しげな咳を漏らす。

「ええ、なかなか治らなくて……困っております」

冬だし風邪だろうかと思ったが、肺や呼吸器に問題があるのかもしれない。自分のいた時代の薬を持っていたらと海斗は悔やんだ。苦しそうな顔は見ていてつらい。

海斗はことさらゆっくりと馬を歩かせた。振動が響かないようにと気を遣ったのもあるが、この美しい人をしばし見ていたいという思いもあった。どの角度から見ても美しい、まさに黄金比率の顔だ。レオナルドが見たらきっと描きたがるに違いない。

日差しが彼女を照らし出す。暖かな光を浴びて、彼女の咳が止まった。彼女と目が合い、自分が飽くことなく見つめていたことに気づかされた。

「あの……お名前を伺ってもよいですか？」

ついそう口走ると、彼女がえっ？　と戸惑った表情を浮かべた。ひょっとしてジュリアーノの知り合いだったかと一瞬焦ったが、すぐに桜色の唇が開く。

「シモネッタとお呼び下さい」

シモネッタ——その名前を聞いたとたん、海斗は動揺して足を止めてしまった。

この女性はシモネッタだったのか！　馬上槍試合でジュリアーノがイナモラータに指名した女性——どうりで美しいはずだ。

フィレンツェ一の美女と呼ばれたシモネッタが、今目の前にいる。名前を聞かれてシモネッタが戸惑った顔をするのも無理はない。イナモラータに指名したはずのジュリアーノが、名前を聞くという失態だ。

どう弁明しようかと海斗は頭をぐるぐるさせた。

「あなた様はメディチの若様……ですよね？　馬の鞍の紋章……メディチ家のものです。もしかして別人なのでしょうか？」

シモネッタが呟いた。どうやら個人的な知り合いではないようだと胸を撫で下ろした。本当は海斗という名前を告げたかったが、この女性がシモネッタであるなら、それはできない。

「ジュリアーノです。このようなところでお会いできて、本当に幸運です」

海斗は偽りの名前を告げて微笑んだ。シモネッタがつられたように微笑み、白い肌を紅潮させた。

シモネッタの瞳は限りなく澄んでいて、見ていると吸い込まれそうだ。絵画や彫刻で見るような女神そのもので、抗えない魅力を放っている。

「ジュリアーノ様の瞳は……不思議です」

気づいたら見つめ合っていて、シモネッタが唇を震わせた。

「何もかも見透かすような……吸い込まれそうな」

シモネッタの言葉に海斗は反射的に視線を逸らしてしまった。無性に恥ずかしくなり、止まってしまった馬の脚を進ませる。シモネッタに触れたくなった自分に頭が混乱した。具合の悪そうな彼女に何をしようとしているのか。

「俺もあなたを見てそう思いました」

海斗は低い声でそう言うと、ひたすら前を見て歩いた。鼓動が高鳴り、空気は冷たいのに手にじっとりと汗を掻いている。一体自分はどうしてしまったのだろうと海斗は理由を探そうとした。

「あ」

シモネッタが前方を見て口を開けた。森の中を黒い馬に乗って駆けてくる侍女らしき女性がいた。

「シモネッタ様！」

侍女はびっくりした様子で海斗たちの前で馬を止めた。侍女が海斗とシモネッタの顔を交互に見る。

「ジュリアーノ様に助けていただいたの」

シモネッタは侍女を見て安堵したように言った。

「さようでございますか、本当にありがとうございます」

侍女は馬から降りると、海斗にぺこぺこと頭を下げた。海斗はシモネッタに手を貸し馬から下ろすと、「よかったですね」と少し残念に思いつつ言った。

シモネッタは困ったように海斗を見上げる。海斗の身長は百七十五センチあるのだが、シモネッタも立つとすらりとしている。多分百六十センチくらいはあるのではないか。細い腰に目が行き、身長のわりに体重が軽すぎると心配になった。

「ジュリアーノ様。私、屋敷の者に内緒でこちらに来たのです。だから正式にお礼を申し上げることができません。どうかお許し下さいね」

申し訳なさそうにシモネッタに謝られ、海斗は焦って首を振った。

「とんでもない、大したことはしていませんよ。それよりもお身体を大事に」

海斗が笑うと、シモネッタもホッとしたように微笑んだ。二人が黒い馬に乗るのを手伝い、海斗は名残惜しげにシモネッタの白い手を見つめた。この時代の男らしく、手の甲にキスでもしようかと思ったが、日本での暮らしが長い海斗には無理だった。

「あの……」

最後に何か話したくてシモネッタを見上げたが、いい言葉は浮かんでこなかった。侍女は何故か海斗を牽制するようにじっとりと見据えてくる。

「本当にお世話になりました！　ではもう行きますので‼」

侍女が大声でまくしたて、馬の手綱を引く。別れの挨拶(あいさつ)をする暇も与えず、侍女は馬を走らせていった。シモネッタはずっと海斗のほうを見て手を振っていたが、やがて小さくなり見えなくなった。

「シモネッタ……」

一人きりになり、海斗はシモネッタの顔を思い浮かべてぼーっとした。

（俺、ちょっと変だったな）

シモネッタと交わした言葉の数々を思い出し、海斗は胸がちくちくして首をひねった。やけに恥ずかしい言葉を口走ったような気もするし、もっと気の利いた会話ができなかったのかと悔やむこともあった。どれくらい考え込んでいたのだろう。馬がブルルと鳴いて、海斗の背中を鼻で突いてきて我に返った。

「何やってんだ、俺」

馬の背に跨(また)がり、別荘に戻ろうとした時だ。突然、強烈な痛みが頭に走り、海斗は頭を抱えて呻き声を上げた。

（何だ、この痛み――）

頭を鈍器で何回も殴られたように、激しい痛みに苛(さいな)まれる。それはとてもじっとしていられるものではなく、海斗は馬の上でぐらついて、滑り落ちるように地面に転がった。

「うう、う……っ、つ……っ」

まともに考えることなどできないような痛みに襲われ、海斗はその場で悶え苦しんだ。このままでは痛みでおかしくなる。そう思って誰かに助けを求めたが、人の姿は見当たらなかった。

「誰か……たす……」

海斗はのたうち回りながら、必死に手を伸ばした。痛くて、猛烈な吐き気がした。頭がぐらぐらして、目がかすむ。痛みは増すばかりで、治まる気配はない。

馬の鳴き声が遠くなっていく。ひょっとして自分は死ぬのかと頭の隅で考えながら、海斗はぐったりと地面に身体を投げ出した。

『憎きメディチ……。……ジュリアーノ』

朦朧とする意識の中、しわがれた声が聞こえてきて、海斗はハッとした。この声、川に落とされた時に聞こえた声だ。そう思った瞬間、馬が大きくいないないて、両脚を高く掲げた。そしてまるで何かを振り払うように、地面を踏み鳴らす。

「う……っ」

馬の蹄が地面を踏み鳴らすたびに、痛みが少しずつ治まっていく。海斗はよろよろしながら身を起こした。びっしょりと汗を掻いていた。馬は海斗が起き上がると安心したように落ち着きを取り戻し、鼻先を近づける。

「何だったんだ、今のは……」

痛みはまだあるが耐えられないほどではない。海斗は深呼吸を繰り返して、ふらつく足で立ち上がった。痛みで幻聴を聞いたのだろうか。憎きメディチと聞こえたような……。

「もう大丈夫だよ」

海斗を心配そうに見つめる馬に気づき、無理に笑ってその身体を撫でた。偶然だろうが、馬が暴れたら頭痛が治まった。帰ったら好物の野菜でも与えよう。海斗は頭痛が薄らいだのを感じ、再び馬に乗った。あの痛みは何だったのか。不安な気持ちを抱えたまま、別荘を目指した。


その後、頭痛が起こることはなかった。きっと疲れていたのだろうと思いつつ、日々槍の訓練に勤しんでいた海斗だが、どうにもシモネッタのことが頭から離れなかった。また会いたいと思うようになり、暇を縫ってはシモネッタと会った森を馬で駆った。偶然は訪れず、我ながら何をしているのだと思い悩んだ。

そんな日々を終わらせたのは、マノロと会話していた時だ。シモネッタのことが知りたくて、何げない様子を装い、馬上槍大会でイナモラータに選んだシモネッタの話を振った。マノロにはシモネッタに会ったことを話していない。シモネッタとの出会いは他の誰にも秘密だった。

「遠くからいっぺん見たことがありますが、本当に美しくて、それはもう後光が差しているようでした。聞いた話じゃ商人の娘だったそうですよ。ボッティチェリ様がシモネッタ様をモデルにした旗印を制作しているって言ってました。馬上槍試合ではそれを掲げて登場するとか。いやー、ホント人妻でなけりゃあねー」

「人妻なのか！」

マノロの情報につい大声を上げてしまった。

「え？　そうですよ？」

今さら何を言っているんだと言いたげにマノロが目を丸くする。シモネッタが人妻と聞き、ショックを受けて海斗はマノロから離れた。

その日の夜は、なかなか寝つけなかった。自分がかなり落ち込んでいるのを自覚し、ようやく彼女に一目惚れ（ひとめぼ）をしていたのだと気づいた。若かったし、てっきり独り身だと思い込んでいた。この時代の女性の結婚が早いことくらい、ちょっと考えれば分かるだろうに。第一あの美貌（びぼう）だ、イタリアの男が放っておかないだろう。俺は何て馬鹿なんだと腹が立った。

（っていうか、人妻をイナモラータに指名するなよ。ジュリアーノめ）

しだいにイナモラータにシモネッタを指名したジュリアーノにまで腹が立ってきた。イナモラータとは愛人という意味だ。いけしゃあしゃあとそれにシモネッタを指名するジュリアーノは厚顔無恥に思えてならなかった。そういう慣習だと分かっていても、頭がカッカした。

（忘れろ、忘れろ。第一、そんな浮ついている場合じゃないだろ、俺）

そもそもこの時代の人間でもないのに、誰かを特別に好きになるとかありえない。もっと気を引き締めようと思い直した。

「ここ数日、心ここにあらずといった感じでしたが……、やっと本気になったようですね」

訓練に勤しむ海斗を見て、ルイージは安心したようだ。恋にうつつを抜かしていた自分を恥じるように海斗は朝から晩まで甲冑姿で走り回った。甲冑の重さにも慣れてきて、突きも鋭い一撃を繰り出せるようになった。

別荘で過ごし始めてから二週間経ったある日、フィレンツェから客が来ていると言われ、海斗は練習を一時中断して別荘に戻った。

「おお、ジュリアーノ。我が友よ！」

食堂で豪勢な食事とワインを楽しんでいたのは見たことのない男だった。年齢は三十歳くらいで、肩につく長いうねった髪、陽気そうな目をした体格のいい男性だ。すでに酔っているのか、海斗を抱きしめ、両頬に何度もキスをする。

「あの……?」

この人は誰だというように海斗が横にいたマノロを見ると、面白そうに笑って教えてくれた。

「アレッサンドロ様ですよ。皆、ボッティチェリ様とお呼びしています」

ボッティチェリと聞き、海斗は食い入るように男を見つめた。これがボッティチェリか！　彼の描く女性の美しさ、豊かな表現は海斗も好きだ。ボッティチェリは本名だと思っていたので、通称だったことに驚いた。思っていた反応を海斗が返さなかったせいか、ボッティチェリが戸惑ったように離れる。

「すみません、落馬した際に記憶がなくなって……」

海斗はこれまで何度もしてきた説明をした。ボッティチェリは大げさに驚き、改めて自己紹介を始めた。

「俺の名はアレッサンドロ・ディ・マリアーノ・フィリペーピ。小さい頃からボッティチェリと呼ばれている。小さな樽(たる)って意味さ。兄がすごい太っていてね」

ボッティチェリは明るい声で話す。あまりいい意味ではないが、ボッティチェリはまったく気にした様子はなく、むしろそのあだ名を気に入っているようだった。ボッティチェリ自身が太ってないから気にならないのだろう。

「最近会ってない間に、君にそんな悲劇が起きていたとはね！　とはいえジョストラの練習は欠かしていないようだね。怪我はすっかりいいようだ。がんばってくれ、君には期待しているよ！　今日は陣中見舞いにやってきたのさ。実は連れがいたんだがね、途中で別行動になった」

ボッティチェリはそう言って、グラスのワインを飲み干した。

マノロの話ではボッティチェリはジュリアーノにとって良き兄的存在だったらしい。いかにも陽気なイタリア人っぽくて性格が合うか心配だが、海斗は同じテーブルについて話を合わせた。

「連れとは？」

「レオナルドだよ！　君たちが仲良くなったって聞いてね。一緒にどうかと誘ったらついてきた」

レオナルドと聞き海斗の目が輝いた。フィレンツェに戻るまで会えないかと思ったが、こうして会いに来てくれるとは有り難い。この時代の交通事情を考えれば、遠くまで来てくれる友人の有り難さが身に染みた。

「それにしてもどうしてあんなばあさんを連れてきたんだ？　もっと若くて可愛い（かわい）メイドが君のとこにはいただろう」

ボッティチェリは酒が進んでいて、使用人の中年女性を指さして文句を言っている。ボッティチェリは相当な女好きらしく、マノロと話が合っていた。陣中見舞いに来たと言いつつ、フィエーゾレの酒場に懇意にしている女性がいると囁く。メディチ家の別荘を宿代わりにする気だろう。

「ちょっとレオナルドを見てきますね」

運んでくる酒を片っ端から飲むボッティチェリについていけなくなり、海斗はそう言って席を立った。

別荘を出て、街道に沿って歩き出す。レオナルドがどこで道草を食っているのか分からなくて、当てもなくぶらぶら進んだ。

別荘は小高い場所にあったので、街道を下るように進んだ。曲がりくねった道を行くと、シモネッタと出会った森が見えた。いったんは離れかけたが、もしかしたらレオナルドがいるかもしれないと思い直して森に踏み入った。決してもう一度シモネッタに会えるのを期待しているわけではない。と、自分に言い聞かせて。

風が吹くと、寒くてコートの襟を掻き寄せた。地面に降り積もった落ち葉が歩くたびにかさかさと音を立てる。森の中は静かで、時おり飛び立つ羽音くらいしか聞こえなかった。別荘からだいぶ離れ、レオナルドを探すのは諦め（あきら）ようかと速度を弛めた頃、木々の間に見覚えのある背中が見えた。

分厚いコートを着て厚手の帽子を被ったレオナルドが、枯れ葉の上にあぐらを掻いてペンを走らせていた。こんなところでも絵を描いているなんて、よっぽど好きなのだろう。海斗はつい口元を弛め、レオナルドに近づいた。

レオナルドの前には木の籠(かご)に入れられたウズラが二羽(わ)いた。レオナルドは二羽のウズラを描き留めている。紙を覗(のぞ)き込むとそこには生き生きとしたウズラが羽繕いをしていた。こうして見てみると、レオナルドの絵がいかに正確かがよく分かる。レオナルドにとって描くとはいかにリアリティを追求するかということなのだろう。だから彼の描く天使もリアルなのだ。

「ボッティチェリに会ったか?」

レオナルドはペンを止めずに話しかけてくる。ウズラを描く時は、話す余裕があるらしい。

「さっき会ったよ。彼の絵に似た陽気な人だね。もっとも彼の後期の絵はぎちぎちしててあまり好きではないのだけど……」

ボッティチェリを思い返し、つい個人的意見を述べてしまった。ボッティチェリの描く聖母子像やヴィーナスは本当に素晴らしいと思うし、『春』という作品は最高傑作だが、晩年は宗教的思想の影響でのびやかだった絵が暗く硬いものに変化してしまった。

「彼の絵が変わるというのか。あのボッティチェリが、ぎちぎちした絵? 信じられないな」

　驚いたようにレオナルドがペンを止める。

「口が滑ったかな。忘れてしまったけど、誰か影響を与えた人物がいたようだ」

　頭の中で計算してみると、ボッティチェリの絵が変化するのはまだだいぶ先だった。

「ところでそのウズラは？」

　レオナルドのペンが止まったので、海斗は籠のウズラを覗き込んだ。

「君への手土産だ。街道で売っている奴がいたから買った」

　手土産、と聞かされ、愛でるのだろうかと考えたが、すぐに違うと分かった。この時代、冷蔵庫もないし、鳥をばらして運ぶシステムは確立されていない。生きた鳥はさばかれ、食卓に上る。調理場に行ったことがなかったので、うっかりしていた。スーパーで切り身を買うのとはわけが違う。

「そうか……」

　目の前の可愛いウズラはあと数刻の命なのかと思うと、自然と声のトーンが落ちた。身近な人がやってないだけで、今までさんざんそうやって調理された肉を食べてきたのに、自分の勝手な言い分にも嫌気が差した。

「憐れんでいるのか？」

　レオナルドに面白そうに聞かれ、海斗は無言で手を振った。とってつけたようなヒューマニズムを口にしたくなかった。するとレオナルドがにやりと笑い、籠を開けた。ウズラはこれ幸いと籠から飛び出し、逃げ出していく。

「どうして？」

海斗は面食らってレオナルドを見た。レオナルドがウズラを逃がすとは思わなかった。

「夕食の時、丸焼きになったあいつらを見て、悲しい顔をする君を見たくなかったからさ」

レオナルドはそう言って、絵を完成させる。目の前にモデルがいなくても、レオナルドの頭にはしっかりとウズラの姿がインプットされているらしい。海斗は妙に嬉しくなってペンを走らせるレオナルドを見つめた。レオナルドは優しい奴だ。

絵が完成すると、レオナルドはコートについた枯れ葉を叩き落としながら立ち上がった。

「歩き方がずいぶんしっかりしている。特訓は順調らしいね」

肩を並べて歩きつつ、レオナルドが言う。

「何でもお見通しだな。身体はいいよ、朝から晩まで槍を構えている」

「その言い方では心は駄目みたいに聞こえる」

「揚げ足をとらないでくれ」

ちょっとした物言いに突っ込まれ、海斗はたじろいだ。頭痛のことやシモネッタのことがあったので、過敏になっていたのかもしれない。レオナルドは頭の切れる男だ。海斗の変化に気づいている。

「この森でシモネッタという女性に会ったんだ。知っているか？」

　レオナルドに隠すのは無駄な気がして、海斗のほうから話を振った。

「有名人だよ。イタリア中の男が知っているんじゃないか？」

　レオナルドは笑って軽く海斗の肩を抱いた。

「君が惹(ひ)かれるのも無理はない。ボッティチェリにとっての女神さ」

　からかうように言われ、海斗はため息をこぼした。

「君もそうじゃないのか？　あんなに美しい人、描いてみたいだろう？」

　レオナルドの腕を振り払い、海斗は意地悪く尋ねた。てっきり頷(うなず)くと思ったが、レオナルドは肩をすくめて苦笑する。

「――シモネッタは死んでいる」

　どきりとする言葉が耳を響かせ、海斗はつい足を止めてしまった。今、死んでいると言ったのだろうか？　生きて動いていたはずだが。

「私が見た時、シモネッタの心は死んでいた。確かに美しく、黄金比率を兼ね備えた女性だが、その瞳には深い悲しみと諦めしかなかった」

　レオナルドはそう言うと、やおら枯れ葉の中に埋まっていたリスの死骸(しがい)を手に取った。

「見ろ。このリスを」

　レオナルドはリスを高く掲げ、不思議な色を瞳に湛えた。しいてたとえるなら好奇心でいっぱいの少年の目――探求心がそこにはあった。

「生きている時は、目を奪われるほどに愛らしく生気に満ちているのに、いざ死んだらみすぼらしく乾いた土のかけらみたいになる」

　レオナルドはリスの死骸を木の根元に放り投げた。海斗は戸惑いながらレオナルドの言わんとすることを理解しようとした。

「生きている時と死んでいる時で、一体何が違う？　何故、生と死の境界線でこうも変わってしまう？」

　鋭い視線を向けられ、海斗はレオナルドの欲する答えを導きだそうとした。

「それは……いわゆる魂というものがなくなったからだろう？」

「魂！　心か！」

　海斗の答えはレオナルドにとって満足のいくものだったらしい。唇の端を吊り上げて、長い指で顎を撫でる。

「魂とは、心とは何だろう？　肉体の器に入り込む目に見えない存在……、君のいた世界では今よりも解明されているのだろうか？」

　話が難しくなってきて、海斗は止めていた足を動かした。レオナルドも歩調を合わせてくる。

「君が思うほどには解明されていない。俺のいた世界だって、今と似たり寄ったりの苦しみや悲しみを抱えている。……君はシモネッタの心は死んでいると言った。では、シモネッタは君の目には美しく見えないということか？」

先ほどの台詞(せりふ)が気になって、海斗はせっつくように聞いた。あんなに美しい人を歯牙(しが)にもかけないレオナルドが信じられなかったのだ。

「私が見た時はね。私が描きたいのは悲しみに心を殺す女性ではない。私が描きたいのは生だ。彼女に心が宿った時……、その時こそ美の女神となって、どんな相手も魅了するだろう」

レオナルドが見た時のシモネッタがどんな様子だったか分からないが、天才と言われるレオナルドの言葉には重みを感じた。その一方でシモネッタの心が悲しみにあふれていると知り、その悲しみを打ち消してやりたいと願った。

つくづく己の馬鹿さ加減が嫌になる。シモネッタに対する想(おも)いを断ち切れていない。ほんの少し会ってしゃべっただけなのに、シモネッタは海斗の心を奪ってしまった。

「おーい」

街道を歩いていると、酔った顔のボッティチェリとマノロが見えた。二人とも陽気に笑いながら、手を振っている。

「酒場に行こう。豊満な美女に癒やされに行こう」

ボッティチェリはすっかり酔っぱらっていて、けらけら笑いながら海斗の肩を抱く。

「こういうノリついていけないんだよな……」

思わず日本語で愚痴ってしまったせいか、レオナルドとボッティチェリに怪訝そうな目で見られた。

「今のは、どこの言葉だ？」

ボッティチェリが興味深げに聞いてくる。

「何でもないよ」

説明するのが面倒になり、海斗は首を振った。

帰りたかったが、ボッティチェリに強引に腕を引っ張られ酒場に向かう羽目になった。レオナルドに救いを求めるように振り返ると、何故か背後を気にしている。

「どうかしたのか？　君も帰りたいんじゃないのか？」

「いや……」

レオナルドは軽く首を振ると、率先して歩き出した。

「行こうじゃないか。ボッティチェリのおごりだろ」

酒場に興味なさそうに思えたレオナルドがさっさと行ってしまったので、一人で帰る気にはなれず、仕方なく海斗も彼らにつき合った。

ボッティチェリの武勇伝が始まり、今夜は長くなりそうだとうんざりしつつ、海斗は暮れかかった空を見上げた。

ボッティチェリは酒場でも浴びるほど酒を飲んだ。かなりのうわばみらしく、どれだけ飲んでもろれつが回らなくなることも足元がふらつくこともない。そしてボッティチェリは大の女好きだった。店で働いている若い女性をテーブルにつかせるだけでは飽き足りず、あとから遊びに来たボッティチェリの知り合いの女性たちをはべらせて飲んでいる。フィエーゾレには女性の知り合いがたくさんいるようで、海斗たちのいる一角は女性のはしゃぐ声でうるさいほどだった。海斗もレオナルドも女性たちにもみくちゃにされ、行ったことはないがキャバクラとはこういう感じだろうかと辟易(へきえき)した。

「どうした、お前たち。こんなにいい女がいるのに大人しいなんて」

ボッティチェリは膝(ひざ)に女性を一人乗せて、隣にいる女性の肩を抱きキスをしている。

「サンドロ、ねぇー。上に行きましょうよぉ」

しなだれかかっている女性が甘えた声でボッティチェリの首に抱きつく。海斗は知らなかったのだが、二階が宿になっていて、ボッティチェリはよく利用しているらしい。

「そうしよう。朝まで皆を寝かせないぞ」

ボッティチェリが囁くと、きゃあきゃあと女性たちが黄色い声を出す。

「では失敬。彼女たちを満足させないといけないからね」

ボッティチェリはウインクして、四人の女性と一緒に階段を上がっていってしまった。四人。海斗の常識では理解できず、ついてきたことを後悔した。

海斗は別荘に戻ろうと、横に顔を向けた。

「マノロ、おいマノロ」

マノロはボッティチェリに合わせて飲んでいたせいで、すっかり酔いつぶれて寝ていた。すでに外は真っ暗で、明かりがないととてもじゃないが帰れない。馬か明かりの用意をするのは従者の役目のはずだ。けれどマノロは叩いても揺さぶっても、起きる気配が一向にない。

「ジュリアーノ様、今夜は私にお世話させて下さいな」

ずっとくっついてきていた女性二人が海斗に胸を押しつけてきて言う。とんでもないと女性をやんわり離して、海斗は斜め向かいにいたレオナルドを振り返った。レオナルドは気難しい点もあるが、その美しい顔立ちで女性がくっついていた。

「もう帰ろう、レオナルド」

ボッティチェリと違い、レオナルドが若い女性に囲まれて浮かれる様子はなかったので、てっきり一緒に帰ってくれるものと思っていた。けれどレオナルドはクルミを齧り、グラスの酒を飲み干す。

「いや、今夜は泊まっていくほうがいい」

レオナルドまで女遊びをするというのか。この時代の男性としてはふつうのことかもしれないが、海斗は会ったばかりの女性と関係を持つ気はなかった。こうなったら一人で帰ろうかと腰を浮かすと、レオナルドが先に立ち上がって海斗の腕を摑んだ。

「一緒に寝るなら、一番美しい人がいいものだ」

レオナルドはそう言って海斗をテーブルから引き離す。

それまで海斗やレオナルドにまとわりついていた女性たちが呆気にとられた様子で固まっている。海斗も唖然としてレオナルドの背中を凝視した。

レオナルドは平然とした様子で階段をどんどん上がっていく。摑まれた腕に力が入っていたので、海斗はそのままレオナルドに二階の一室に連れ込まれた。

狭く薄暗い部屋には古びたベッドが一つだけ。窓は木の板をはめ込んだだけの簡単なものだ。明かりは窓際の小さな蠟燭のみ。暖炉もないから寒くてたまらない。

「レオナルド、君……」

そっちの気でもあったのかと疑惑の眼差しを浮かべると、レオナルドは先にベッドに転がった。

「この暗さでは危険だ。朝まで待ってから帰るほうがいい。ああいう女性は苦手なんだろう?」

レオナルドは頭の後ろで手を組んで言う。ひょっとして海斗を気遣ってくれたのか。邪推した自分を恥じて、海斗はレオナルドが開けた場所に腰を下ろした。ベッドは小さく、男二人で寝ると窮屈だ。自然とくっついて寝ることになるので、寒さだけはしのげそうだった。

「うん、まぁ……。ボッティチェリはいつもああなのか?」

壁越しに男女の怪しげな声が聞こえてきて、海斗はため息をこぼした。

「彼はいつもそうさ。女性がいないと生きていけないのだろう」

レオナルドは小さく笑う。ボッティチェリとレオナルドはタイプもまったく違うし、趣味も嗜好(しこう)も真逆に思える。けれど一緒にフィエーゾレまで来るくらいだし、理解し合っているようだ。一流の芸術家同士、分かり合うものがあるとしたら羨(うらや)ましい。

「なぁ、君の国の言葉で何かしゃべってみてくれ」

ベッドに並んで寝ていると、レオナルドが囁くような声で言った。少しうとうとしかけていた海斗は少し考えてから唇を開いた。

「あかねさす　紫野行き　標野(しめの)行き　野守は見ずや　君が袖(そで)振る」

一学期の古文の授業で暗記させられた万葉集の一首を口にしてみた。案の定レオナルド

には分からなかったらしく、難解そうに寝返りを打つ。

「どういう意味だ？」

「うーん……まぁ、詩、みたいなものかな」

海斗が潜めた笑い声を漏らすと、レオナルドはふーんと鼻を鳴らした。

「他には？」

レオナルドはもっと日本語を聞きたいようで、催促してくる。何を言えばいいか思いつかず、簡単な挨拶を繰り返してみた。

「君の国の言葉はあまり抑揚がなくて、難しいな」

イタリア語に比べると、そうかもしれないと海斗も思った。

「詩といえば、ロレンツォ様も才能のある詩人だった。今はすっかり市政に携わるほうに重きを置いているが」

暗闇の中でレオナルドが呟き、ロレンツォのがっしりした体格を思い出した。見た目で判断してはいけないが、詩人というのは痩せた繊細そうな男がやるものと思っていたので、意外だった。

「ふぁ……」

あくびを一つして、目を閉じる。横になったせいか、急速に眠気が襲ってくる。隣に男がいる状態で寝るなんて、去年の夏合宿を思い出す。大きな畳部屋に雑魚寝状態で寝かされた時は、いびきが気になってぜんぜん眠れなかったものだ。

うとうとしかけた瞬間、突然レオナルドが上半身を起こした。びくっとして身体を硬くすると、レオナルドは足音もさせずに窓に移動した。

「どうしたんだ？」

レオナルドは薄く開けた窓の隙間(すきま)から外を覗いている。その背中に緊張が走っているのを見て、海斗は身を起こした。

「……いや、何でもない」

何でもないようには見えなかったが、レオナルドは五分ほど二階の窓から外を眺め、ベッドに戻ってきた。

どうしたのだろう。理由を聞きたかったが、レオナルドがことさら音を立てないように動いているのを見て、声を出せなかった。

特に不審な音は聞こえてこない。レオナルドは神経質なのかもしれないと思い直し、再び横になった。


朝の光が室内に差し込んできて、海斗は目を覚ました。

　レオナルドはすでに起きていて、窓を開けて日の光を浴びている。レオナルドの綺麗な金髪が光に照らされているのを見て、海斗は大きく伸びをした。

「けっこうぐっすり寝ちゃったな……」

　窮屈だったわりに、誰かと寝ていたせいか温かくて熟睡できた。

「君は寝相がいいね」

　レオナルドは海斗の寝癖のついた髪を指で弄ってからかう。

「今何時だろう?」

「昼の鐘はまだ鳴っていない」

　レオナルドと他愛もない会話をしながら部屋を出る。階段を下りる途中で優雅に朝食を食べているボッティチェリを見つけた。

「やぁおはよう。愛の営みはどんなものでも美しい。君たちの交わる姿なら、ぜひ描いてみたいものだね」

　焼きたてのパンを口に運んでボッティチェリが爽やかに言う。

「馬鹿なこと言わないで下さいよ。何もないですから。それより、女の子たちは……?」

　ボッティチェリの冗談に眉を顰め、海斗はきょろきょろした。昨夜一緒に上に行った女性たちはどこにもいない。

「彼女たちはまだ夢の中さ。いい男というものは、女性にどれだけ甘美な夢を与えられるかに心血を注ぐものだ」

ボッティチェリは歌うように語る。やっぱりこの人にはついていけないと再認識し、海斗は運ばれてきた朝食に手をつけた。焼きたてのパンとシチューはどれも美味しく、あっという間に平らげた。

「さぁ、戻りますよ」

まだ遊び足りなそうなボッティチェリを引っ張って、酒場を後にした。レオナルドは考え事でもしているのか、何を話しかけても上の空で、しきりに後ろを気にしている。

昨夜は連絡もなしに泊まってしまったので、使用人たちも心配しているだろう。放置したマノロの姿がないのが気になる。ひょっとして先に帰ったのかもしれない。

海斗たちは街道を徒歩で進んだ。街道の脇は手の入っていない林になっていて、別荘までは起伏のある道になっている。

十五分くらい歩いただろうか。角度のある斜面に差し掛かった時だ、突然レオナルドが「伏せろ！」と怒鳴って背後からタックルしてきた。

「な、何⁉」

何が起きたか分からないままレオナルドに地面に押し倒されると、身体すれすれのところを空気がかすめた。近くの木に細いものが突き刺さる音がして、海斗は啞然とした。

矢だ。矢が、近くに生えていた木に深く突き刺さっている。

「おい、大丈夫か⁉」

ボッティチェリが血相変えて駆け寄ってくる。再び矢が飛んできて、全員地面に身を伏せた。どこから矢が飛んできたか分からなくて海斗がきょろきょろすると、レオナルドが茂みの辺りを振り返る。がさがさと葉の擦（こす）れる音がして、黒っぽい格好の男が逃げていくのが見えた。

「待て」

追いかけようとした海斗は、レオナルドに止められた。男とは距離が離れていて、捕まえるのは無理だと海斗も諦めた。

「一体、何なんだ……。まさか、俺を狙って？」

海斗は木に突き刺さった矢を見て、絶句した。矢を射られたのは初めてだ。こんなあからさまな敵意を向けられたことがなくて、理解が追いつかなかった。今の攻撃が海斗ではなくジュリアーノに対するものだと分かっていても、けっこうショックだった。

「昨日から尾けられていたんだ。気づかなかったか？」

レオナルドは木に突き刺さった矢を引き抜いて言う。ぜんぜん気づかなかった。もしかしてレオナルドがやたら背後を気にしたり、明るくなってから帰ろうと言ったのは、海斗の身を案じてのことだったのか。

「知らなかった……。レオナルドのおかげで助かったよ、ありがとう」

ようやく頭が働いてきて、海斗は髪をぐしゃぐしゃとかき乱した。矢はごくシンプルなもので、賊の正体を示すものはなかった。鋭い切っ先を見ると、もし命中していたら命を落としていたと分かり、ゾッとした。

「メディチの若殿も大変だな。無事でよかったよ。パッツィ家の手先だろうか？」

ボッティチェリが矢を覗き込んで呟く。

「めったなことを言うものではないよ」

レオナルドは矢を海斗に手渡して言う。

「毒が塗ってあるかもしれない。先端には触らないほうがいい」

レオナルドの注意にたじろぎつつ、海斗は矢を持って別荘に戻った。賊の正体は分からないが、命を狙われる危険についてよく考えようと思った。海斗のいる時代とは違う。指紋を照合することもできないし、警察に被害届を出すこともできない。自分の身は自分で守るしかないのだ。

「もっと気をつけ、……っ」

気をつける、と言いかけた時だ。ふいに刺すような痛みが頭にあった。海斗はあまりの痛みに膝を折り、頭を抱えた。ガンガンと割れるような痛みに襲われる。これは以前森で受けた時と同じ、激しい痛みだった。

「う、う……っ」

一気に血の気が引いて、海斗はその場に引っくり返った。頭の奥が痛い。吐き気も感じる。意識が混濁して、ろれつが回らなくなる。

「ジュリアーノ⁉」

レオナルドとボッティチェリが驚いて自分を覗き込んでくる。それに応えることはできなかった。海斗は激しい痛みに耐えきれず、呻き声を上げて失神した。


目を開けると、ベッドに寝ていて、レオナルドが心配そうに見つめていた。失神したせいか記憶が途切れ途切れで、海斗は現状を把握するのに時間がかかった。

「突然倒れたんだよ。矢が刺さったのかと思ったが、身体には傷はない。別の痛みだろうと判断して別荘に連れ帰った」

レオナルドとボッティチェリは意識のない海斗を別荘に運んでくれたようだ。おぼろげに記憶が戻ってきて、海斗は改めて礼を言った。またひどい頭痛に襲われるなんて、とても不安だ。

「心配かけてすまない。痛みは消えたよ」

あの時は痛みで気を失うほどだったが、今は何も感じない。突然の頭痛の原因は何だろうと考えて、ちらりと思い浮かぶことが一つだけあった。もしこの不安が当たっていたら、絶望しかないが……。

「ジュリアーノ様、お加減はいかがですか」

マノロも心配して海斗の様子を見に来た。

酒場にみんないなかったので、てっきり置いていかれたと思って、マノロは、一足先に別荘に戻っていたそうだ。海斗が賊に命を狙われ、原因不明の痛みで倒れたと知り、震え上がっている。

この一件はすぐにロレンツォに報告され、数名の屈強な護衛係が別荘にやってきた。ロレンツォからはフィレンツェに戻れという手紙も来たが、まだここにいたかったこともあって、海斗は心配いらないという手紙をマノロに代筆させて送った。イタリア語はしゃべるのは問題なくても、書くことに関しては自信がない。第一筆跡が違うと突っ込まれるのも困る。最初は自分はジュリアーノとは別人だと主張していたが、ここまでずっぷりとジュリアーノの代理を果たしている以上、やり遂げるしかないのだ。

「ジュリアーノ様、そろそろ実戦訓練をしましょう」

ルイージは海斗の動きを見て、次の段階へと指導を進めた。甲冑を着て、距離を取って試合形式で槍を交える。日頃の練習のおかげか、槍の扱い方もだいぶ手馴（てな）れてきた。フェンシングとは勝手が違うが、フェンシングの能力がまったく役に立たないわけでもない。

特に突きに関してはルイージに「素晴らしい！」と賞賛されるほど上手くなった。

レオナルドとボッティチェリは別荘に滞在し、絵を描いたり、酒場に行ったりして日々を過ごしている。寒さは一段と厳しくなり、雪が降ってきてもおかしくない気温になってきた。心配していた頭痛はあれから起きず、不安は薄らいでいる。

その日は、冷たくて触るのも嫌になる甲冑姿でルイージと実戦形式で一時間ほど闘うと、ボッティチェリが遠出から戻ってきて海斗のいる中庭に現れた。ボッティチェリは客人を伴っていた。二人の女性が馬に乗っている。

「ジュリアーノ、彼女たちを覚えているかい？」

ボッティチェリに声をかけられ、海斗は兜の上部を上げて両目を出した。

そこには、森で会ったシモネッタがいた。赤い厚手のコートを羽織り、白い肌に上気した頬を見せている。海斗はびっくりして兜を脱ぐと、馬を降りてシモネッタの前に駆け寄った。

「先日はありがとうございました。お礼もしない不義理をお許し下さいませ」

シモネッタは鈴を転がしたような声で囁く。シモネッタの後ろにはあの時の侍女が複雑そうな表情で控えていた。どうしてボッティチェリがシモネッタを連れてきてくれたのかと驚いていると、楽しげに笑って馬から降りる。

「いやぁ、彼女は知り合いなんだが、君のところに居候していると言ったらぜひ礼が言いたいとせがまれてね。美しいシモネッタのめったにないわがままだから、俺としては聞いてあげなくてはと」

ボッティチェリは自慢げに胸を反らせ、シモネッタの馬を撫でる。ボッティチェリはシモネッタをモデルに絵を描いているそうだ。シモネッタへの想いは断ち切ったつもりだが、いざ目の前に現れると少年のように心が高鳴った。

シモネッタの瞳に見つめられると、身体が自然と熱くなる。

「どうぞ、中へ。ぜひ」

自分の声がいつもと変わりないか心配しながら、海斗はシモネッタと侍女を誘った。シモネッタがそっと微笑み、辺りに華が咲いたようになる。海斗は甲冑姿で屋敷の中に駆け込み、使用人たちにシモネッタをもてなしてくれと頼んだ。

甲冑を脱ぎ捨てると、海斗は汗を拭いて一番見栄えのする服を着た。この時代のおしゃれがいまいち分からなくて、マノロの薦めを着るしかないのが残念だ。

(俺は何を浮かれているんだ。相手は人妻だぞ)

自分に何度も言い聞かせ、シモネッタを招いた応接間に足を踏み入れた。応接間は四方を美しい絵で囲まれている。高価な調度品や装飾の施された長椅子、暖炉の上には小ぶりの聖母子像が飾られている。

「ジュリアーノ様」

シモネッタは長椅子に優雅に腰を下ろし、出された茶器に口をつけていた。コートを脱ぐと、春色の胸元の開いたドレスを着ていて、視線が釘づけになった。シモネッタの隣にはボッティチェリが我が物顔で座っていて、斜め向かいにはレオナルドもいる。侍女とマノロは部屋の隅に控えていた。

「聞いたぞ、ジュリアーノ。困っているシモネッタを助けてあげたようじゃないか。君もなかなかやるな」

ボッティチェリはニヤニヤしている。

「本当にあの時は助かりました。ジュリアーノ様のおかげです。大変素晴らしい方だと感激いたしました」

シモネッタは潤んだ瞳で海斗を見つめる。こんな目で見られて落ちない男がいるだろうか。海斗は頰が紅潮するのを厭いながら、はにかんで笑った。

「あの後、お身体は大丈夫でしたか？　苦しそうでしたが……」

今日のシモネッタは咳き込む様子もないし、落ち着いている。肌が異様に白いのは、もともとなのだろう。

「身体が弱くて情けないです。私も男に生まれていたら、ジュリアーノ様のように強くなれていたでしょうか」

シモネッタは実戦訓練をする海斗を見ていたようで、目を輝かせる。

「とんでもない、まだまだぜんぜん駄目です」

シモネッタがいると知っていたら、もっとかっこいいところを見せるんだったたと悔やみ、海斗は視線をレオナルドに向けた。レオナルドはボッティチェリほどではないが、唇の端を吊り上げて海斗を見ている。二人にからかわれている空気を感じ、海斗は咳払いした。

「彼女の絵を描いているとか……、どのような絵を?」

ボッティチェリに話を振ると、海斗は記憶を呼び覚ました。

ボッティチェリの中で好きなのは『春』や『ヴィーナスの誕生』だ。もしかしてあのモデルはこのシモネッタではないだろうか。とても似ている。絵は好きでよく見ていたが、モデルに関しての知識はあまりない。あれらの絵は確かもっと後で描いているはずだが……。

「こんなに綺麗な人だ。いくらでも着想が湧いてくるよ。シモネッタの旦那からも肖像画を頼まれているしね」

シモネッタの旦那——どんな人なのだろうと興味が湧いた。マノロからシモネッタの夫はマルコ・ヴェスプッチという男だということは聞いている。ヴェスプッチ家はメディチ家と親しい力のある貴族だそうだ。

「どんな方なのですか? その、彼女の……」

失礼かもしれないとは思いつつ、海斗はつい口を挟んでしまった。ボッティチェリに聞いたのだが、シモネッタの瞳が揺れて、長いまつげが影を落とすのが見えた。

「うーん、こういった言い方は悪いが、良くも悪くも凡庸な人かな。だが、それこそ重要だよ。世の中の男が皆、君の兄のようにすごかったら、大変だからね。シモネッタを深く愛していることだけは確かだ。だからこうして俺のような生き証人がいないと、若い男性の別荘など来ることができないわけだ」

ボッティチェリの言葉がちくりと胸に突き刺さり、海斗は分かっていると目配せした。ボッティチェリは海斗のためにシモネッタを連れてきたわけではない。その辺はわきまえろと暗に言っているのだ。

複数の女性を愛すような男に言われたくないと思ったが、ひょっとしてボッティチェリも気持ちを抑えているのかもしれない。こんな美人を前にして、女好きのボッティチェリが食いつかないわけがない。ましてやモデルにして絵を描くくらいだ。

「今はジョストラに使う旗印の作成でヴェスプッチ家を訪れているのさ。何しろ、イナモラータを務める女性だ。しっかり役目を果たしてもらわないとね」

ボッティチェリはシモネッタにウインクしている。

「ジュリアーノ様、どうぞお怪我のないように」

シモネッタは伏せていた目を上げ、海斗に微笑みかけた。

「もちろんです、必ず優勝します」

つい大口を叩いてしまい、レオナルドとボッティチェリに笑われた。男というのは愚かな生き物だ。好きな人の前では大言壮語してしまう。

「まぁ、何て頼もしい」

シモネッタが嬉しそうに笑っている。その顔を見るとがぜんやる気が湧いてきて、自分はちっとも想いを断ち切れていないと自覚した。

「ボッティチェリ様にお聞きしました。記憶を失われたとか……。だからあの時、私の名前をお聞きになったのですね」

シモネッタは海斗と目を合わせ、心配そうな顔つきになった。

「そうなんです、落馬して」

海斗は視線を逸らしながら言った。事情を知っているレオナルドは上手くやれと言いたげな目をしている。

「以前にお会いしていたのですよね？　申し訳ありません。覚えていなくて……」

海斗はあの時のシモネッタの戸惑った空気を思い出し、頭を下げた。

「何度かパーティーでご一緒したことがあります。どうぞ、お気になさらないで。記憶がなくなるなど、さぞかしご苦労なさっていることでしょう。でも不思議ですね。私もあの時あなたに初めて会ったような気になりました」

シモネッタは口元に微笑みを浮かべる。海斗は内心ひやりとして舌を巻いた。ジュリアーノとはそれほど親しくないようだが、シモネッタは海斗とジュリアーノが別人であることをひそかに見抜いていることになる。

「身体のほうはずいぶん元気になったようじゃないか。槍を持って駆ける姿は、軍神マルスのようだよ。ロレンツォ様にはまだまだ敵わないと思っていたが、めきめきと腕を上げてきたみたいだな」

ボッティチェリは海斗の肩を抱いて、軽快に笑う。

「兄さんの迫力には及ばないよ」

海斗も応じて軽口を叩いた。

ボッティチェリの軽妙なトークで、場は和やかだった。海斗は内心ボッティチェリが下品なことを言うのではないかとハラハラしていたのだが、その心配は無用だったようだ。シモネッタの前では紳士然としていて、いつもこうならいいのにと思うくらいだった。

レオナルドは途中から会話には参加しなくなり、何か絵を描いているようだった。微笑みを絶やさずにシモネッタを熱く見つめていて、こちらも気になった。

「シモネッタ様、そろそろ帰らなくては」

話は尽きなかったが、シモネッタの侍女が渋い顔つきで話を中断してきた。シモネッタは残念そうに眉を下げ、腰を上げた。

「そこまで見送ります」

海斗は別れがたく、シモネッタと厩舎まで肩を並べて歩いた。ボッティチェリとレオナルドは海斗に任せたというように屋内に留まったので、庭でようやく二人きりになれた。シモネッタの侍女は門のところに待たせている。馬を連れてこようとするマノロに
「俺がやるから」と追い返した。

「ずいぶん護衛の数が多いんですのね」

シモネッタは屈強な男たちが屋敷の外を見張っているのに気づき、首をかしげた。海斗は苦笑して厩舎からシモネッタと侍女の馬を連れてきた。

「兄は心配性なんです」

襲われたことは話せなかったので、そうごまかした。

二頭の馬を引いてくると、シモネッタがじっと海斗を見つめた。何かを訴えるような眼差しにどきりとして足を止める。

「ジュリアーノ様」

シモネッタの白く艶やかな頬に赤みが差す。柔らかな金色の髪に触れたくてたまらなくなった。

「夫のマルコは優しい方です」

シモネッタの唇が震えて、海斗は目が離せなくなった。彼女が何を言いだすのかと鼓動

が跳ね上がる。

「私は十五歳の時に嫁ぎました。でもそこに私の意思はありません。どうか、そのことだけは覚えておいて下さい」

濡れた瞳で囁かれ、海斗はどぎまぎして「はい」としか言えなかった。言われた内容より、シモネッタの美しく整った顔しか目に入っていなかった。こんなに綺麗な人が存在するなんて信じられない。たおやかで折れてしまいそうに細い腕や腰、長いまつげ、花のようにふっくらとした唇、守ってやりたくなる存在とは、この人のようなことをいうのだろう。

時が止まったように見つめ合ってしまい、気づいたら海斗は、シモネッタの手を握っていた。細くて折れそうな指だ。シモネッタは嫌がらず、海斗の手にそっと白い手を重ねている。

(人妻だぞ、彼女は)

握った手に力を込めそうになって、海斗は我に返ってシモネッタの手を離した。断ち切れていないどころか、想いが増している。こんなことじゃ駄目だと海斗は大きく首を振った。シモネッタが悲しげに顔を伏せる。

彼女と自分は違う世界の人間だ。自分の世界に帰れないという大問題を抱えている上に、人妻に手を出すなんてそれこそ破滅だ。会うはずもなかった女性と込み入った関係を作ってはいけない。

「どうぞ、手を貸します」

海斗は断腸の思いで甘ったるい空気を消し、シモネッタに手を貸して馬に乗せた。身体が近づくと芳しい香りがして眩暈がする。

「道中、お気をつけて」

門で待っていた侍女に馬を渡すと、海斗は二人を見送った。シモネッタは何度も後ろを振り返りながら屋敷から離れていった。

シモネッタが見えなくなるまで門に立っていた海斗は、深いため息をこぼして屋敷に戻った。

応接間ではレオナルドとボッティチェリがニヤニヤして待っていた。それに文句を言う気力もなく、海斗は長椅子に腰を下ろした。

「別れのキスでもしてきたか？　茂みで情事に耽るには短い時間だったが」

ボッティチェリにからかわれ、海斗は思い切り睨みつけた。

「彼女は人妻だよ。そんなことするわけがないだろう」

「君ってそんなモラルの高い男だったっけ？　記憶をなくすと聖人に戻るのかな。触れなば落ちんという感じなのに！　俺だったらそのまま連れ込み宿に行っている」

けしかけるようなことを言ったり、シモネッタの夫の話を聞かせたり、ボッティチェリはどういうつもりなのだろう。海斗はボッティチェリと話すのに疲れて、レオナルドの手元を覗き込んだ。

「見せてくれ」

レオナルドが描いていたのは、シモネッタの美しい横顔だった。

手に取ってみると、生き生きとして輝くシモネッタの美があふれている。澄んだ瞳も、柔らかそうな唇も、まるでそこに彼女がいるみたいに再現されていた。覗き込んだボッティチェリも息を呑んで見入っている。

「今日の彼女は以前とはまったく違っていた」

レオナルドは海斗の手から絵を奪うと、記憶のシモネッタを描き留めている。以前レオナルドはシモネッタの心は死んでいると言っていた。

「生が内からあふれ出ているようだった。今日の彼女は描かずにはいられなかったよ」

海斗は心が死んでいると評されたシモネッタを知らないが、そんなふうにレオナルドに賞賛される彼女が誇らしかった。

「なぁ、この絵、どうするんだ？　俺にくれないか？」

シモネッタの絵が欲しくなって、海斗はレオナルドににじり寄った。好きな作家による好きな人の絵なんて、これ以上素晴らしいものはない。

「うーん、どうしようかなぁ」

レオナルドは唇の端を吊り上げながら、ペンを走らせている。海斗がすがるように見つめると、おかしそうに笑いだして手をひらひらさせた。

「やっぱり駄目だ。君にはあげられない」

きっぱりと断られ、がっかりして肩を落とした。シモネッタが人妻である以上、深入りすることはできないと自分に言い聞かせていただけに、せめて絵の一枚くらいあればと思ったのだ。レオナルドは意地悪だ。

消えていく傑作がもったいなくて、海斗はレオナルドの背後に回ってその絵が出来上がるまでずっと見つめていた。

5　刺客

シモネッタの来訪の後、ボッティチェリとレオナルドはフィレンツェに戻っていった。二人とも仕事があるのに放り出してきたらしく、納期を催促する手紙がメディチ家の別荘にまで届いていたのだ。

二人がいなくなると寂しくなり、海斗（かいと）は槍（やり）の練習に精を出すことで気を紛らわせた。

十二月も終わりに近づき、寒さはどんどん増している。井戸の水に氷が張ることもあり、手足がかじかんで早朝はとてもつらい。

あれから襲撃を受けることもなく、平穏な日々が続いている。警戒して周囲を見回っている護衛の者から、不審な人影を見たという報告もあがっているが、海斗の身は守られている。後から知ったのだが、ロレンツォの命令で調理する食材にまでチェックが入っていたそうだ。

「始め！」

街道を使って模擬試合に臨むと、高揚している自分が不思議でならなかった。重い甲（かっ）

冑（ちゅう）をつけて馬上から相手を見据える。槍を構え、全力で馬を走らせる。ほんのわずかな角度の違い、突きの速度によって一瞬で勝敗が決する。槍と槍でぶつかった時がピークで、そこでほとんど決着がつくといっても過言ではない。サーベルを使っていた時の筋肉とは段違いで、海斗は自分の身体（からだ）が引き締まったのを自覚した。毎日重いものを身につけて動いているから当たり前といえば当たり前だが、自分の身体が変化していくのがたまらなく楽しかった。

「うぐぅ……っ」

ルイージと模擬試合をすると、三本中二本勝てるまでに成長した。甲冑で落馬するとかなりの衝撃を受ける。海斗が突き出した槍が脇腹（わきばら）にヒットし、ルイージが落馬しかける。馬の向きを変えると、かろうじて手綱にぶら下がっていたルイージを引っ張り上げた。

「もう教えることはございません」

ルイージはそう言って指導を終わらせた。

「お世話になりました」

海斗は馬から降りて、ルイージと固く握手した。この競技のいいところは騎士道精神がベースにあることだ。競技中、馬を傷つけてはいけない。卑怯（ひきょう）な真似（まね）はしてはいけない。正々堂々と勝負すること、それらは海斗にとってやりやすいものだった。海斗は自分がまっすぐ育ったという自覚があり、何が何でも勝つとか、多少ずるをしても勝つという精神が苦手だ。過去には綺麗ごとを言っていると怒鳴られたこともある。最初はできるわけがないと思っていたが、ここまで会得できたのは騎士道精神のおかげだろう。

別荘での生活はそれなりに楽しかったが、友達もいないのは孤独だった。海斗はフィレンツェに戻る旨をロレンツォに伝えた。ロレンツォもそれを喜んでくれた。


久しぶりにフィレンツェに戻ると、景色が違って見えた。

ロレンツォは海斗の身体が見違えるようにたくましくなったと喜び、使用人や護衛の者たちに厚く礼を述べた。この時代の上流階級の人間は尊大で傲慢という話をよく聞くが、ロレンツォに関してはそんなことはない。きっと代々受け継いだメディチ家の家訓なのだろう。

「ジュリアーノ、記憶はどうだ？　何か思い出したか？」

メディチ宮殿の礼拝堂で神に祈りを捧げた後、ロレンツォが期待を込めて尋ねてきた。

「申し訳ありません……」

罪悪感を覚えつつ、海斗は殊勝な顔をした。ロレンツォは「気にするな」と海斗を抱きしめ、背中を軽く叩く。

ロレンツォとジュリアーノの兄弟仲はすこぶる良かったようだ。誰に聞いても本当に仲が良かったというし、ロレンツォの弟への溺愛ぶりはすごいと海斗も肌身に感じている。海斗は長男なので、兄に対する憧れがあった。ロレンツォはまさに理想とする兄だ。政敵が多いということも、ジュリアーノとロレンツォの結束を固める理由になったのだろう。

「ルイージが褒めていたぞ。お前は筋が良いと」

ロレンツォは誇らしげに笑った。

礼拝堂は三壁をフレスコ画で飾られている。ベノッツォ・ゴッツォリ作の『ベツレヘムに向かう東方三賢王』という作品だ。この絵には一族の者たちが描かれていて、ロレンツォやジュリアーノもいるし、父であるピエロはもちろんのこと、叔父や叔母などといった者も見つけられる。この時代にはまだ写真がないが、いわゆるこれも一族の記念写真みたいなものかもしれない。観光で見た時はきらびやかで素晴らしいと思ったが、今の立場で見てみると苦笑が漏れる。

「きっと優勝してみせます」

海斗はロレンツォの期待をひしひしと感じ、つい大口を叩いてしまった。ジュリアーノならこう言ったのではないかと思ったせいだ。案の定、ロレンツォは目を輝かせ、「やはりお前は私の弟だ」と海斗の肩を強く摑んだ。

「お前ならできる。妨害はあるだろうが、必ず阻止してみせる」

ロレンツォは微笑みの中に安堵の色を浮かべて言った。

「今度のジョストラは、お前にとって重要なものだ。お前は忘れてしまっているようだが……お前は枢機卿になる身だ。そのためにも人々に名を知らしめなければならない」

ロレンツォの目がギラリと光って、海斗は一瞬たじろいだ。

「は？」

枢機卿――と今、言ったのか？　聞き間違いであってほしいと、海斗は鼓動を跳ね上げた。

「枢機卿……？　俺が……？　まさか……」

思ってもいない言葉が出てきて、海斗は頭が真っ白になった。

「そうだ。私は必ずお前を枢機卿にしてみせる。今は反対が多く、教皇もなかなか認めないが……、私は実行できることしか言わない。メディチ家から枢機卿を出すことは定められた運命なのだから」

ロレンツォが冗談を言っているわけではないことが分かり、海斗は青ざめた。ロレンツォはフィレンツェの実質的な支配者だ。その弟が何の役職にもつかないわけがないとは思っていたが、よりによって枢機卿――海斗にとっては天地が引っくり返るくらい無謀な願いだった。

（枢機卿って……ローマ教皇の下にいる聖職者……だよな？　そんなものに俺がなるっ

て？　冗談だろ！）

　ジュリアーノがどんな人生を送るか分からないのに、枢機卿なんて。なるべきなのか、なってはいけないのかすら判断できない。

「兄さん、俺はいろんな記憶をなくしてしまって……」

　海斗は冷や汗を流しながら呟いた。この時代のことをほとんど知らない自分に枢機卿になるなんて無理に思えた。

「分かっている。お前のために家庭教師をつけよう。以前は私の仕事を手伝ってもらっていたが、そっちはいい。お前は枢機卿になることだけを考えなさい。ジュリアーノ、私はゆくゆくはお前に教皇の座についてほしい。そのためにやれることは何でもする」

　ロレンツォは海斗のうろたえた様子を見て眉を下げたが、気を取り直したように肩を叩いた。

（いやいやいや、無理だろ！）

　海斗は内心真っ青になって否定した。枢機卿どころか、教皇なんて、無茶にもほどがある。枢機卿になるためには学問も必要だが、何よりもキリスト教について知らなければならない。宗教なんて考えたこともなかった海斗は、目の前が暗くなった。

　ロレンツォが礼拝堂を去っていくと、海斗は混乱した心を鎮めようと、誰にも告げずに馬に乗ってヴェッキオ橋へ向かった。橋まで行けば、ひょっとして現代に戻れるのではないかと思ったのだ。

久しぶりに訪れたヴェッキオ橋は寒々としていた。風が強く、厚手のコートを着ていても凍えるようだった。川の水も冷たそうで、辺りの木々も葉を落として寂しげだ。

（どうすればいいんだ）

自分がタイムリープした場所に立って、飛び跳ねてみたりしゃがんでみたり祈ってみたりしたが、何も起こらなかった。海斗は絶望を感じてその場に腰を下ろした。

馬上槍試合（ばじょうやりじあい）について言われた時も眩暈（めまい）がしたが、今度の試練は絶対に乗り越えられる気がしない。競技なら練習を積めばどうにか克服できる。けれど枢機卿なんて、練習を積んでどうにかなるしろものではない。そもそも海斗には信仰心がない。イエス・キリストについて真剣に考えたこともない。そんな自分が枢機卿や教皇なんて、神様が許さないのではないだろうか。

（やっぱり無理があった）

海斗は髪をぐしゃぐしゃとかき乱し、呻（うめ）き声を上げた。

瓜二つ（うりふた）の顔をしているとはいえ、他人の人生を生きるなんて不可能なのだ。自分は今すぐどこかに逃げ出すべきなのではないか。こんな馬鹿（ばか）げた舞台から降りるべきではないのか。

（クソッ、何で俺がこんな目に遭うんだ！　もう一度ロレンツォに自分はジュリアーノではないと話してみるか？　信じてくれなかったらどうする。いや、もっと怖いのは、理解した上でジュリアーノとして生きろと言われた時――。第一肝心のジュリアーノがいないんだ、話にならない）

ありとあらゆる考えを浮かべてみたが、どれ一つとしていい案はなかった。かろうじて救いなのはジュリアーノが枢機卿になることを聖職者が反対しているという話だ。ロレンツォの言っていた教皇とは、ローマ教皇のことだろう。トップが反対しているなら、簡単になれるはずがない。

（俺はどうしてイタリアの歴史書を読んでなかったんだ。せめてジュリアーノが教皇になったかどうかくらい知りたかった。美術に関しては好きでよく知っているが、今必要なのはこの時代の歴史だ！）

海斗は己の無能さに本気で腹を立てた。教皇になると新しい名前を与えられることは海斗も知っているので、歴代教皇の中にジュリアーノの名前がなくても判断の決め手にはならない。だがジュリアーノは本当に枢機卿に、あるいは教皇になったのだろうか？

混乱する頭を鎮めて、必死にこの時代のことを思いだそうとした。観光で主要な場所を巡った際、そこに書かれた説明書きも読んだはずだ。ロレンツォがメディチ家の中でもっとも活躍したことは海斗も知っている。だが、その弟は――。

（どうしてこんなにジュリアーノに関する記憶がないんだろう？）

ふと海斗は疑問を抱いた。

コジモやピエロ、ロレンツォの息子といった記憶はおぼろげに引っかかってくるのに、ロレンツォが全盛期だったこの時代、溺愛する弟の情報が記憶に何も残っていないのは不思議でならない。無能な人物なら分かるが、周囲の反応を見てみると、ジュリアーノは兄とは違う魅力を持っていて人気もあったのが分かる。ロレンツォが推したように枢機卿になったから世俗と距離を置き、政治や外交といった表舞台に出てこなかったのだろうか？

考えても考えても分からなかった。

一人で考えるには問題が大きすぎる。海斗は再び馬に乗り、レオナルドを訪ねようとした。このままでは頭がパンクしそうだ。レオナルドに会って話すことで、少しでも気持ちに整理をつけたかった。

「く……っ」

馬を走らせようとしたとたん、また頭に痛みが走った。

海斗はとっさに馬を降り、頭を抱えて草むらに倒れ込んだ。頭が痛くて、四肢が強張る。脂汗は滲み出てくるし、吐く息も荒くなった。また気を失うのかと思ったが、痛みは徐々に引いていった。

「はぁ……はぁ……」

少しずつ痛みがなくなると、思考も戻ってきた。海斗は草むらに寝転がったまま、冬空を見上げた。

この頭の痛み、ふつうじゃない。

海斗は強張った筋肉を弛め、じっと雲を見つめた。前触れもなく突然訪れる激しい頭痛
——海斗には一つだけ思い当たることがあった。

（ひょっとして……俺の頭には、まだ弾が残っているんじゃないか……!?）

それについて考え始めると、恐ろしさに身体が震える。この時代に迷い込んで回復した時、弾はかすっただけなのだろうと判断した。それが、間違いだったら……？

実は海斗の頭には銃弾が残っていて、それが時々痛みを引き起こすのかもしれない。だとしたら大変なことだ。この治療技術が乏しい時代で、もし脳に残った弾丸が暴れ出したら、死ぬ可能性が高い。海斗は頭に爆弾を抱えていることになるのだ。

（一刻も早く、現代に戻らなければならない）

海斗は痛切にそう願った。こんなところで死ぬわけにはいかないのだ。若い海斗には未来がある。間違ってここで終わるわけにはいかない。

（クソ……ッ、俺はどうなってしまうんだ……）

海斗は痛みが消えたのを確認して、ヴェロッキオ工房を訪れた。工房内では火を使っていることもあって、外より格段に温かい。職人たちの熱気も、寒さを吹き飛ばす勢いだ。

「レオナルドなら、家じゃないですかい」

親方にレオナルドの所在を聞くと、そう言われた。レオナルドはこの近くに住んでいて、昨日から工房に来ていないそうだ。親方に家の場所を聞き、海斗はそちらに向かった。

レオナルドは石造りのこぢんまりとした一軒家に住んでいた。聞いた話ではパトロンの一人から譲り受けたらしく、時々一人でこもっているそうだ。

「ここか……」

海斗は馬を木に繋（つな）いで、ドアの前に立った。窓にはすべて木戸がはめられ、家は不気味に静まり返っている。

「あんた、そいつの知り合いかい」

ノックしようとした海斗に、隣の家から出てきた老婆が近づいてきた。

「え、はい。ここはレオナルド・ダ・ヴィンチの家で……」

「あたしゃ知らないよ、芸術家らしいけどね。こっちは迷惑してんだよ、変な臭いがするからさ」

老婆は顔を歪（ゆが）め、ここぞとばかりに海斗に文句を言い出す。

「くさくてたまんないよ、鼻が曲がりそうさ！　あんたからも注意しておくれ、近所迷惑ってもんを考えろってさ！」

老婆にけたたましい声で言われ、海斗は困惑して「はぁ」と曖昧（あいまい）な返事をした。老婆曰（いわ）

く、異臭が隣の家まで臭ってくるそうだ。レオナルドと会っている時に異臭を感じたことはないし、彼が不潔だと思ったこともない。別の人と勘違いしているか、もしかしてここはレオナルドの家ではないのだろうかと不安になった。

老婆が文句を言いたいだけ言って去った後、海斗はドアをノックした。返事はなかったが、ドアが開いていたのでそっと中へ入った。

「レオナルド！　おーい、レオナルド、いるか？」

窓を閉め切っていることもあってか、昼間なのに室内は薄暗かった。入ってすぐの部屋にはテーブルの上に絵が散乱している。やはりここはレオナルドの家で間違いないようだ。肝心のレオナルドはどこだろうと、奥へ足を進めた。

（ん？）

異臭に、足を止める。

老婆が言っていた臭いとはこのことだろう。何かが腐ったような、鼻につく臭いが奥からしている。海斗は薄気味悪さを感じて、奥の部屋のドアに向かって声をかけた。

「レオナルド！　いるのか⁉」

不快感が声に滲み出て、怒鳴るような声になってしまった。すると奥の部屋から「いるよ」とくぐもった声が返ってきた。

「入るぞ」

海斗は手で鼻を押さえつつ、奥の部屋のドアを開けた。

ドアを開いたとたん、臭いがきつくなる。何が起きたのだと不審に思い、海斗は蠟燭（ろうそく）の明かりに揺らめく室内を凝視した。レオナルドは背を向けて立っていた。大きな木の台があり、そこに奇妙な物体が横たわっていた。

「……っ‼」

海斗はレオナルドの背中越しに木の台を覗（のぞ）き込んで、息を呑（の）んだ。

台の上にはかつて鹿（しか）だったらしきものが載っていた。らしきもの、と思ったのはその姿が生前とはあまりに違っていたからだ。鹿の身体は解剖され、内側の臓器がむき出しになっていた。脳まで開かれていて、室内には血が飛び散っている。鹿の目は片方だけ存在していて、それがじろりと海斗を睨（にら）んだ気がして悲鳴を上げた。

「な、何をしているんだ⁉」

海斗は真っ青になってレオナルドを睨みつけた。レオナルドは海斗の声が聞こえない様子でペンを走らせている。レオナルドは無心でこの鹿の内部を描いているのだ。この鹿を解剖したのはレオナルドに違いない。切り裂いたナイフや剝（は）いだ皮が近くに並べられている。異臭の原因はこの鹿だ。臓器が腐り始めて、耐えがたい臭いをまき散らしている。

「君か」

レオナルドは海斗に目もくれず、鹿の腸を広げて長さを計っている。血にまみれたその姿はレオナルドを恐ろしい怪物に思わせた。海斗は頭に血が上って、レオナルドの肩を摑んだ。

「どうしてこんなひどい真似を！　食べるためでなければ、殺めてはいけない！」

怒りに任せて海斗は怒鳴りつけた。レオナルドがこんなむごい真似をする奴だとは思いもしなかったのだ。レオナルドはウズラを逃がす優しい人間のはずだ。その彼が鹿を切り裂き、死を弄んでいる姿がショックだった。

「邪魔だ、出ていってくれ」

海斗の怒鳴り声に動じた様子もなく、レオナルドがそっけなく告げた。海斗は腹が立ってレオナルドに殴りかかろうかと拳を握った。頭の痛みや、ロレンツォの話を聞いて混乱していたのもあって、感情が抑えられない。信じていた友がこんなひどいことをする奴だったなんて、知りたくなかった。

「軽蔑したよ！」

海斗は拳を震わせつつ、部屋中に響き渡る声を上げて部屋から出ていった。目に焼きついた鹿の死骸が哀れでならなかった。レオナルドの頭がおかしいと思ったり、相談どころではなくなって悲しくなったりした。馬鹿と天才は紙一重と言うが、レオナルドはとんでもない大馬鹿野郎だ。

怒りに任せて馬を走らせた海斗は、再びヴェッキオ橋に戻った。こんな野蛮な時代から早く消えたいと願った。馬から降りて乱暴な足取りで地面を踏み鳴らす。

（クソ……ッ、クソ……ッ）

　やっぱりレオナルドを殴るべきだったと握った拳を振り上げる。レオナルドの整った横顔を思い返し、胸が苦しくなった。

（何で俺はこうも怒っているんだ）

　海斗は深呼吸を繰り返した。浅かった息が深くなり、少しずつ怒りが治まっていく。自分がレオナルドに対して抱いていた信頼や友情が裏切られた気がした。冷静にならなければと懸命に自分に言い聞かせた。レオナルドは聖人君子ではない。本人もそんなことは言っていなかった。海斗が勝手な思い込みをしていただけだ。

　海斗のいた時代なら捕まるようなこと、通報されるようなことは、この時代では必ずしも悪ではない。価値観が違うのだ、常識が違うのだ、そう必死に呟き、理解しようとした。レオナルドは弱いもの、抵抗できないものを痛めつけるような真似はしない男だと思っていた。命を粗末にするような——。

　海斗はアルノ川をじっと眺めた。

　いっそここに飛び込めば、海斗のいた時代に戻れるだろうか。

（死ぬつもりか）

　海斗は浮かんできた考えを打ち消した。この寒さの中で川に入るなんて、死ぬようなものだ。

もう帰ろうと馬のほうを振り返った時だ。

ふいに近くの茂みから黒い影が飛び出してきた。ハッとする間もない、黒ずくめの男が光る刃を海斗に振りかざしてきた。

「……っ‼」

とっさに避けたものの、コートがすっぱりと切れてしまった。男はナイフを手にして、さらに海斗に襲い掛かってくる。男は黒いマントに深くフードを被り、顔も黒い布で覆っていた。かろうじて分かるのは双眸と太い眉だけだ。体格は海斗と同じくらいで、目尻のしわから年上だということは見て取れた。

「誰だ⁉」

海斗は足元がよろけて、数歩後ろに下がる。海斗は何も武器を持っていなかった。無意識のうちに足元の石を掴み、男に向かって投げつける。男の肩辺りに石が当たり、男が怯む様子が分かった。

海斗は身を屈めて全力で男に向かって走り出した。慌てたように男がナイフを構え直すのを見て、その手元を足で蹴り上げる。

「くっ」

男の手からナイフが落とされ、苛立たしげに唾を吐き捨てる。海斗は男の腕を掴もうと、手を伸ばした。けれど男の武器は他にもあった。懐から取り出したナイフで摑もうとする海斗の腕を切り裂く。

「……っ」

切り裂かれた袖から血飛沫が飛んで、海斗は痛みに顔を顰めながら男から飛びのいた。

「………」

先ほど男が落としたナイフを拾い、男と対峙する。

互いにナイフを構えたまま、数秒睨み合った。武器を持って誰かと向かい合うなんて初めての行為だったが、気迫だけでも負けまいと必死だった。

「おい、喧嘩か⁉」

男と距離を詰めようとした時、どこからか声がした。偶然通りかかった中年男性が、海斗たちのただならぬ様子を見て声をかけてきたのだ。ナイフを構えていた男は舌打ちして、踵を返すと脱兎のごとく逃げ出した。

「待て！」

追いかけようとしたが、男の足はかなり速かった。そして身軽だ。あっという間に姿を消してしまった。

（俺を狙っていた奴か……）

おそらくフィエーゾレで襲ってきた賊と同じ男だろう。緊張が解けて、海斗は握っていたナイフを布でくるんだ。切り裂かれた腕は出血していたが、薄皮一枚くらいなのですぐに血は止まった。

心配して駆けつけた中年男性に礼を言い、海斗は馬に乗って屋敷に戻った。海斗が狙われたと知って、屋敷中の者が心配して集まってくる。コートと上衣は駄目になってしまったが、幸い怪我は大したことなかった。

「一人で出かけるなど無謀な真似だ。今後いっさい、禁止する」

ロレンツォは一人で出かけた海斗を厳しく叱った。悪かったと素直に謝り、海斗は肩を落とした。

今日は厄日かもしれない。

容量を超える出来事が起こりすぎて脳が休息を求めている。海斗はその夜、夢も見ずに眠りについた。

レオナルドの凶行を目の当たりにした海斗は、暗く憂鬱な日々を過ごした。

この時代で初めてできた友を失ったと思ったのだ。レオナルド・ダ・ヴィンチという歴史に名を残す偉人と友人になれ、浮かれていたのかもしれない。レオナルドの本質について見えていなかったと嘆いた。

　けれど日が経つにつれ、自分の態度もよくなかったと反省するようになった。レオナルドの残した絵の中には、確かに解剖図があった。海斗のいる時代とは違うのだ。海斗はネットや本で調べれば、いくらでも解剖図を見ることができる。けれどこの時代、人間の臓器すらきちんと解明されていない。レオナルドが動物の身体を解剖してみたくなるのも仕方のないことだ。レオナルドは動物の中身がどうなっているか知らないのだ。知りたいという欲求、これは人間に与えられた特別な能力だ。レオナルドがそれを発揮したとして、海斗に責める権利はない。

　そう考えてみるものの、血だらけの部屋や返り血を浴びたレオナルドに対する不快感は拭えなかった。どうしてウズラを逃がしてくれた彼が、あんな大きな動物を殺めたりするのか。

　その一方で、関係を修復しにこないレオナルドにも腹を立てていた。せめてあれがどういったものか説明くらいしてくれてもいいのに。レオナルドにとってはあの程度のことなのだろうが、海斗にとっては一大事だった。

　襲い掛かってきた賊に関しては、結局何も分からずじまいだった。持ち帰ったナイフはごくありふれたもので、敵の正体を示唆するものではなかった。けれど睨み合った瞬間のことは今でもリアルに思い出せるので、もう一度会って目を見れば、同じ男だと分かるだろう。そう思って会う人たちの目を確認しているが、あの男は街中でも見つからなかった。いわゆる暗殺者みたいなものだとしたら、簡単には見つけ出せない。

一週間たっても、レオナルドは海斗の元を訪れなかった。

悔しくて悲しくて、もやもやする日が続いた。ロレンツォから言われた話も消化できていない。誰かに悩みを打ち明けたくても、話せる相手は皆無だった。

一月の半ば、海斗は迫ってきた馬上槍試合のために練習を欠かさなかった。

頭の痛い問題は多いが、とりあえずは馬上槍試合をこなさなければならない。シモネッタのためにも、全力で優勝を目指していた。


メディチ宮殿には数多くの芸術家が訪れるが、相変わらずレオナルドは姿を現さなかった。こうなると海斗も意地で、自分からレオナルドを訪ねる気にはなれなかった。代わりと言ってはなんだが、ボッティチェリが陣中見舞いと称して海斗を訪ねてきた。

「やぁ、試合はもうじきだね。調子はどうだい？」

ボッティチェリは陽気な口調で海斗の肩を撫(な)でてきた。別荘で別れて以来だが、ボッティチェリなりに海斗を励まそうとしているらしく極上のワインを持ってきた。

メディチ宮殿の中庭は、海斗の好きな場所だ。何度見てもその美しさに感動する。柱廊も完璧な形を誇っているが、ドナテッロのブロンズ製のダヴィデ像はずっと見ていても飽きない輝きがある。海斗のいた時代ではここにはなかったはずで、きっとこの宮殿が別の人の手に渡った後、美術館に寄贈されたのだろうと推測した。

「ところで君とレオナルドは喧嘩でもしているのかい？」

ボッティチェリと中庭で話していた際、ニヤニヤして質問された。

「レオナルドがそう言ったのですか？」

海斗は心がざわついていて、つい尖った声を出してしまった。内心ではレオナルドの様子が知りたくてたまらなくて、身を乗り出してしまう。

「いやぁ、あいつは何も言わないよ。そういう男だから」

ボッティチェリに笑われ、海斗はムッとして腕を組んだ。レオナルドは何とも思っていないのだろうか。海斗がこれだけ腹を立てていても、レオナルドにとっては大したことではない？　怒りよりも悲しみに襲われて、海斗はうなだれた。

「俺が怒っているだけなんです。レオナルドにとってはどうでもいいことなんでしょう」

強く思っている相手から何とも思われていないことほど悲しいことはない。海斗が落ち込んでいると、ボッティチェリは面白そうに背中をバンバン叩いてきた。

「そんなことはない！　あいつは超個人主義の変人だが、そんなあいつがフィエーゾレまで出かけたくらい君に興味を持っている。こんなに珍しいことはないよ！」

「はぁ……」

ボッティチェリは熱く語るが、あまり慰めになっていなかった。レオナルドが個人主義というのはよく分かる。海斗も同じような面があり、だからこそレオナルドといると似たもの同士という感じで過ごしやすかった。

「君が怒っているのは分かっているみたいだが、何で怒っているかまでは分からないみたいだよ。君が歩み寄らなければ、あいつはずっと待つだけだろう。天才様は、人の心にうといんだ」

ボッティチェリは海斗とレオナルドが揉めているのが楽しいのか、終始にやついている。レオナルドが他人の心の機微にうといとは海斗には思えなかった。むしろ逆で、他人の心の奥底にあるものを見透かしている気がする。

レオナルドが海斗に興味を持っているとすれば、未来からやってきたという一点のみだろう。そう思う一方で、このままでいいのかという思いも湧いてきた。せっかく仲良くなれた友人を失うのは忍びなかった。それに自分は脳に爆弾を抱えている。いつ何時、ぽっくり逝くか分からない状態なのだ。

ボッティチェリの話では、レオナルドは海斗に対して嫌な感情を抱いているわけではないようだった。あの時は「出ていってくれ」とつっぱねられたが、レオナルドにとってはごくふつうのことだったのかもしれない。

（俺だけが拗ねているみたいじゃないか。ガキっぽい）

ボッティチェリのおかげで感情の整理がついて、レオナルドを訪ねる気になった。何だかんだいっても他に頼れる人もいない。従者のマノロには真実を明かせないし、ボッティチェリに未来から来たと言ったら酒の席で笑い話にされるのがオチだろう。

試合の三日前、海斗は思い切ってヴェロッキオ工房を訪れた。従者のマノロと連れ立ってきたのだが、レオナルドは工房にいなかった。

「昨日からまた家にこもってまさぁ」

親方からそう聞かされ、海斗はレオナルドの家に行くことを躊躇した。また解剖しているのだろうか。考えるだけで気が重くなり、やはりレオナルドとはこれまでかと思い悩んだ。

「帰りますか？」

マノロは賊がいつ現れるか分からなくて、ずっと周囲ばかり気にしている。海斗に早く宮殿に戻ってほしいのだろう。期待に満ちた顔を見たら意地悪したくなって、海斗は「レオナルドに会いに行く」と言ってしまった。

緊張の解けないマノロと一緒に、レオナルドの家に馬を走らせた。マノロを家の外で待たせ、一人でドアをノックする。今日も鍵がかかっていない。この時代の人は呑気なものだと呆(あき)れた。

「レオナルド、いるか?」

ドアを開けて奥に向かって大声を上げたが、「こっちだ」と庭から声が戻ってきた。

裏庭にまわると、レオナルドが地面を掘っていた。傍らに鳥の死骸。つい怯んで顔を強張らせると、レオナルドは掘った地面に鳥の死骸を埋めた。

「ずいぶん久しぶりだな」

レオナルドはちらりと海斗を見て、スコップを壁に立てかけた。汚れた手を叩き、突っ立っている海斗の脇をすり抜ける。

「また殺したのか」

海斗は鳥の死骸が埋まった辺りを見て呟いた。

「君が怒っていたのは、私が生き物の命を奪っていると思ったからか? それとも解剖していたこと? 部屋を血で汚していたことか。異臭に弱いとか?」

レオナルドは両手を広げて振り返る。レオナルドの瞳(ひとみ)を見るのはあの日以来だ。その青い瞳はどこまでも澄んでいて、何もかも見透かされそうだった。

「命を粗末にしてはいけない」

海斗は自分の気持ちを分かってもらおうと、真剣な目で訴えた。

「貴族は遊びと称して狩りをする。それは命を粗末にすることではないのか?」

レオナルドの瞳は穏やかで、海斗の気持ちを推し量ろうとしている感じがした。

「俺はそんなことはしない。食べるために殺すならまだしも……、これは俺の倫理観の問題だ。君に押しつける気はないけれど、それでも不快に思ってしまうんだ」

海斗は苦しげに吐き出した。押しつける気はないと言ったが、本音では友と決めた相手とは同じ倫理観を持ちたかった。それが五百年以上、時を超えた相手でも。

「なるほど」

レオナルドは薄く微笑んだ。

「君が怒っている原因がよく分かった。その点だけは心配いらないと言っておこう。あの時解剖していた鹿も、そこに埋めた鳥も、すべて死んだものを拾ってきただけだ。拾ってきたものだから腐敗が早くてね、隣の婆さんにしょっちゅう嫌味を言われる」

あっけらかんとレオナルドが言い、海斗は目を見開いた。レオナルドは無駄に生き物を殺していたわけではないのか――安堵が身体中に広がり、強張っていた顔が弛んだ。

「君が怒っていないというなら、中へどうぞ。お茶でも出そう。身体が冷える」

レオナルドは微笑みながら海斗を家に招いた。

前回来た時は異臭に満ちていた家は、綺麗に掃除されていた。レオナルドは沸かした湯で海斗のためにお茶を淹れてくれた。あまり嗅いだことのない不思議な匂いのする茶葉だった。台の上にはレオナルドの描いた絵が山積みされていて、描きかけのものがイーゼルに載っていた。

「その……誤解していてすまなかった」

お茶を飲みながら向かい合って座っていると、己の大人げない態度が恥ずかしくなった。てっきりレオナルドが弱い生き物を虐待しているのかと思っていた。

「君の作品の中に解剖図が残っていたのは知っていたけれど、実際に見てしまうと頭が真っ白になって……」

言い訳も弁明もしなかったレオナルドをすごい人だと尊敬した。海斗だったらすぐ釈明するところだ。誤解されても平気なレオナルドは、強い人間だ。

「解剖しているところを見た者は、たいてい君と同じような反応をする。私が命を弄んでいるように見えるのだろう。私は知りたいだけだ。生き物の中身がどうなっているのか、どういう臓器があり、どういう設計をしているのか。まぁ、理解されないけどね」

レオナルドは湯気を立てたカップを持ち、自嘲気味に笑った。

「中身を知りたがる私は、他人から見たら頭のおかしい奴なのだろう」

「いや、そんなことはない」

海斗はつい反論したくなって、腰を浮かした。

「そういう欲求のある者が、医学を進歩させている。知らなければ治すこともできない。俺のいる時代では、外科手術といって身体を切り裂いて修復する技術がある。脳でさえ、

開けて閉じることが可能なのだ」

「脳も！」

レオナルドの目が異様にきらめき、海斗に向かって身を乗り出してきた。そういえば後から聞いた話なのだが、銃で撃たれた海斗の処置は、酒で消毒して卵白で覆うという原始的なものだった。よく生還したものだと我ながら思う。医師は海斗の脳に弾が残っているかどうかも確認していないだろう。本当だったらあの時死んでいたのかもしれない。

「そんなことが可能なのか？　痛みで気を失うのでは？」

原始的な医術しかないこの時代に麻酔はないだろう。せいぜい痛み止めの薬湯があるくらいだ。

「仮死状態にする薬みたいなものがあるんだ。だから君の欲求はおかしなことではない。ただ俺はあまり血が得意ではないから……、ああいう場面に出会うとパニックになるんだよ」

海斗は改めてレオナルドに謝罪した。勝手に誤解して怒り狂った自分がみっともなく思えて、謝らずにはいられなかった。

「その話はもういいよ。ところであの日、君は私の家に何か用でもあったのか？」

レオナルドは話を打ち切るようにして二杯目のお茶を淹れた。

「それが実は……ロレンツォからとんでもない話を聞かされて」

　海斗はあの日のことを思い返し、ため息とともに枢機卿になれと言われた話をした。レオナルドはなんら驚いた様子もなかった。

「そんなことは皆、知っている。ロレンツォ様は君を枢機卿にするために金をばらまいていると」

「えっ⁉」

　海斗は仰け反った。金をばらまいているなんて、要するに賄賂ということか。

「聖職者になるために金を？　そんなことが許されるのか？」

　教皇がなかなか認めないと言っていたが、まさか教皇にまで賄賂を渡しているのではないだろうな。海斗が震え上がって聞くと、レオナルドが苦笑する。

「今の教皇は金もうけが生きがいの人だ。身内をとりたてて、私腹を肥やすことしか頭にない」

　辛らつな意見に海斗はショックを受けた。

「そんな人が教皇なのか……」

　海斗のいる時代の教皇とはぜんぜん違って、がっかりした。もっと愛と平和のために生きている人だと思っていた。

「君のような人が枢機卿になるのは悪くないと思うがね」

　レオナルドにさらりと言われ、海斗はぶるぶると首を振った。

「勘弁してくれよ、俺は無宗教なんだ。葬式はお坊さんを呼ぶからどちらかというと仏教寄り……、仏教って言っても分からないか」

一神教の世界とは馴染みが薄くて、海斗は説明に苦慮した。レオナルドもボッティチェリも当然のように天使や神を描く。仏がどうの、八百万の神がどうのと言っても理解されないだろう。

「宗教と言えば、こんな噂を耳にした」

レオナルドが声を潜めて顔を近づける。

「パッツィ家は、呪術師を雇ったそうだ」

呪術師という馴染みのない言葉を聞き、海斗は眉を顰めた。パッツィ家とメディチ家の対立は知っているが、その相手がいかがわしいものに手を出しているというのか。

「何だよ、呪術師って……。まさかメディチ家を呪い殺そうとしてるんじゃないだろうな」

海斗は冗談のつもりで言ったのだが、レオナルドがにこりともしないので薄気味悪くなった。この時代にはそんな怪しげなものが横行しているのか。

「君の状況を考えると、案外効いているのかもしれないと思ったが」

「俺の⁉」

まさか海斗がタイムリープしたのは呪術師の仕業だとでもいうのか。頭の痛みも、その呪術師とやらが？　容易には信じられなくて、海斗は辟易した。そんな力のある人間がいるわけがないと思ったが、レオナルドは可能性はあるという。言われてみれば、川に落ちる前に『憎きメディチ』という声が聞こえた。だがしかし。

「信じられないよ。……でも、だとすれば、その呪いをかけた奴に会えば、元の世界に戻れるだろうか？」

一縷の望みをかけて海斗は顔を引き締めた。脳に弾が残っている可能性がある以上、すぐに現代に戻って治療を受けなければならない。頭痛が起こる引き金も分かっていないのだ。生活に支障をきたす。

「それは甘いんじゃないか。もしパッツィ家の仕業なら、君を助ける真似なんかするはずない」

レオナルドは辛らつだ。どちらに転んでもろくな話ではないということか。

海斗はすっかり冷めてしまった茶を飲んだ。無関係の者から憎悪の感情をぶつけられるのは嫌なものだ。瓜二つの顔をしていても、海斗はメディチ一族ではない。

重苦しい話をしていたせいか、時間がだいぶ経っていた。表で待っていたマノロが寒さに震えて「もう帰りませんか」とドア越しに声をかけてくる。日も暮れてきた。先日襲われたばかりなので、暗い道を移動するのは危険だろう。

「帰るよ。君と仲直りできてよかった」

海斗は来た時とは違い、晴れ晴れとした顔つきで椅子から立ち上がった。ここ数週間の心の憂いが晴れて、さっぱりした。

「俺は君という人間が好きなんだよ。君が俺の理解できない人間でなくて、心からよかったと思う」

海斗は微笑みながらレオナルドに手を差し出した。レオナルドはふっと笑みをこぼすと、海斗の手を握り、突然、ぐっと引っ張った。レオナルドの腕が背中に回り、軽く抱きしめられる。

「気をつけろ、君は神も悪魔も惹きつける姿をしている」

レオナルドが耳元で囁く。海斗は戸惑いながらレオナルドの青く光る瞳を見つめた。どういう意味なのか分からなかったが、レオナルドが身を離してドアを開けたので聞けずじまいだった。

外に出ると、風が頬を嬲り、コートがばたばたと音を立てる寒さだった。情けない顔で待っていたマノロに謝り、馬に乗ってレオナルドの家を後にする。去り際に囁かれたレオナルドの言葉が、耳に残って離れなかった。

試合を前日に控えた日、海斗はロレンツォから新調された甲冑を受け取った。銀色に光り輝く甲冑は海斗の身体に合わせて作られたもので、動きやすく軽かった。ぴかぴか光って目立つので試合では不利ではないかと思ったが、ロレンツォにとっては市民の目に留まることが大事なようだ。兜には白い羽根がついていて、動くたびにふわふわ揺れている。マントにはメディチ家の紋章が刺繍されていて、メディチ家を背負っていることを痛感させられた。

フェンシングの試合の前日はイメージトレーニングに励んだものだが、今回の馬上槍試合は初めての経験なのでいまいち上手くイメージできなかった。

（お兄ちゃんって、緊張しないよねー）

麗華によく言われていた台詞が頭に浮かぶ。フェンシングの試合前に落ち着いている海斗を見て、麗華は可愛げがないとからかってきたものだ。幼い頃から海斗は本番に強いタイプで、どんな強敵相手でもガチガチになるという経験はなかった。最初に教わった先生が練習や試合の最初に瞑想を取り入れる人で、そのおかげで平常心を保つコツみたいなものを会得したのかもしれない。

とはいえ、今回に限っては自分が少し緊張しているのを海斗は自覚した。

フェンシングで死ぬことはないが、明日の試合は槍を使って闘う。甲冑を着ているから最悪の事態は免れると思いたいが、それにしても危険であることは間違いない。落馬して怪我をする可能性もあるし、ましてや武器を使って闘うのだ。槍の先端の刃がきらめいているのを見るたび、自分はもちろんのこと、相手に怪我をさせたらどうしようと不安になる。おまけに自分は爆弾を抱えている。試合の最中にもし激しい頭痛が起きたら？　嫌なイメージを脳に残すまいと、海斗はその不安を追い払った。

（この俺がこんな槍を振り回して闘うとはね）

麗華にこんな姿を見られたら、何て言われるのだろう。海斗は苦笑して、夕食を取った後、中庭に出た。

今宵は満月で、煌々と光り輝いている。電気のないこの時代、月の明かりがこれほど有り難いものだとは思わなかった。星もよく見えるし、海斗のいた時代とはまったく違う良さがある。何よりも静けさが、心を落ち着かせた。

「ジュリアーノ」

ダヴィデ像の前で物思いに耽っていると、どこからか小さな声がした。振り向くと、ボッティチェリが何故かこそこそと近づいてくる。

「どうかしました？」

辺りを窺っているボッティチェリに首をかしげると、腕を引っ張られて耳打ちされる。

「お願いしますと頼まれてね。彼女の願いを無下にできなかった」

ボッティチェリはそう言って海斗を柱廊に連れていく。何事かと困惑していると、柱の陰から黒いフードつきのマントを羽織った女性が姿を見せた。

「シモネッタ……」

海斗はびっくりして足を止めた。似合わない黒いマントに身を包んでいたのはシモネッタだった。白い肌に紅潮した頬で、海斗を熱く見つめる。

「ジュリアーノ様、申し訳ございません。どうしてもお会いしたく……」

シモネッタは消え入りそうな声で囁いた。弾かれたように海斗はシモネッタに駆け寄り、冷えたその手を握った。

「悪いけど、ほんの少ししか時間をあげられないよ。彼女が消えたと分かったら、マルコが慌てふためくからね」

ボッティチェリはそう言って、ウインクした。海斗は自分の顔が赤くなっていることを厭い、シモネッタの手を取ってボッティチェリの目の届かない柱の陰に身を潜めた。

「ジュリアーノ様……」

シモネッタと見つめ合うと、たまらなくなってその細い身体を抱きしめた。シモネッタもしっかりと海斗に抱きついてくる。

シモネッタが人妻であることとか、こんなことはいけないとか、頭の中はぐるぐるしていたが、抱き寄せた彼女の匂いに理性が吹っ飛んだ。

彼女が好きだ。

海斗は黙ってシモネッタの髪に口づけた。この想(おも)いが伝わるようにと腕の中にシモネッタを閉じ込めた。

「あなたのことが好きです」

海斗が呟くと、シモネッタが腕の中で震えた。

「私も……。ジュリアーノ様、お慕い申し上げております」

シモネッタの優しく心地よい声が、海斗の鼓動を跳ね上げる。好きになってはいけない人なのに、海斗は己の心を抑えられなかった。口づけたい、と思った。シモネッタの唇や身体に触れ、自分のものにしたいという衝動が起きた。

「……っ」

シモネッタの目を覗き込んだ海斗は、その瞳が濡(ぬ)れていることに気づいて驚いた。シモネッタは両目から大粒の涙をこぼし、唇を震わせていた。

「私……私、分かるのです」

シモネッタは嗚咽(おえつ)をこぼし、苦しげに言った。

「私にはあまり時間がないと……。だからどうしても……、どうしてもあなた様にお会いしたかったのです」

シモネッタが何を言っているのか分からなくて、海斗は混乱した。時間がないとはどういう意味だろう？　夫であるマルコに何か言われたのだろうか？　単に、この逢瀬(おうせ)が短い時間であることを言っているのだろうか？

「どうしてもっと早くあなた様にお会いできなかったのでしょう。私……、私は……」

何か言いかけたシモネッタは、急に激しく咳き込んで身を折った。その咳が尋常ではなくて、海斗は嫌な予感がした。

「しっかり。大丈夫ですか？　医師を呼びますか？」

最初に会った時も嫌な咳をしていると感じたが、今日も不安を覚えた。シモネッタは何か病気にかかっているのではないだろうか。杞憂であってほしい。この時代の医療に期待を持てないから。

「いいのです……、ごめんなさい。どうか、そのまま」

シモネッタは離れようとする海斗にすがりついてくる。その細い身体を抱き、海斗はよくなるようにとシモネッタの背中を擦った。シモネッタは浅い息を吐き、海斗の手のひらに唇をそっと押しつけた。

お返しのようにシモネッタに触れようとしたが、ボッティチェリが近づいてきて、険しい顔を見せる。

「そろそろ行くよ」

終わりを告げるボッティチェリの声に苛立ちを感じ、海斗は唇を噛んだ。シモネッタは名残惜しげに海斗から身を離し、フードを深く被った。

「明日の試合、どうぞお怪我のないようにとお祈りしております」

シモネッタは祈るように手を組んで、ボッティチェリに連れられていった。

海斗はまだ残っているシモネッタの感触を思い返し、震える吐息をこぼした。どうしてシモネッタが他の男のものなのか、悔しくてたまらない。朝まで一緒にいられたらいいのにと胸が痛む。

明日の試合に勝てば、シモネッタの手から祝福を受けられる。必ず勝ってみせると海斗は闘志を燃やした。

6　馬上槍試合

とうとう大会当日である一月二十九日になった。昨夜は大会のことよりシモネッタのことで頭がいっぱいで、なかなか寝つけなかった。

朝食は豪勢でパイの包み焼きが出てきた。あまり腹いっぱいになると動きが鈍るのでほどほどにして、支度にとりかかる。

マノロに手伝ってもらって甲冑を着こむ。長Tシャツみたいな鎖帷子を頭からすっぽり被り、鉄靴、すね当て、膝当て、もも当てをつけていく。それから背甲や胸甲、肩や肘、腕、わきの下といった部分を覆い隠していく。手っ甲には武器を握るために皮手袋がはめられている。そして顎当てと兜をつければ完成だ。

ロレンツォが発注した新品の甲冑は、板金甲冑だった。剣先がすべるようにできていて、今まで着ていたものよりずっと軽い。

「うむ、素晴らしい」

甲冑を着こんだ海斗の姿はいたくロレンツォのお気に召したようだ。

手にした槍(やり)も従来のものより軽くなり、扱いやすい。盾には、メディチ家の紋章が刻み込まれている。

海斗が乗る馬にも、武具がとりつけられていた。ふちを立派な刺繍(ししゅう)で囲った金属板を連ねたものが、馬の頭から首にかけて覆っている。馬のくつわや鐙(あぶみ)も特別製で、いかにも高貴な馬といった感じだ。

「この馬は？」

海斗は乗りなれている馬で闘うと思っていたが、用意された馬は違う馬だった。

「軍馬を用意した」

ロレンツォは黒毛の馬の背中を撫(な)でて自慢げに言う。いつもの馬のほうが乗りなれていてよかったのだが、ロレンツォが勧めるだけあって黒毛の馬は風格が違った。身体(からだ)も大きいし、動きも俊敏だ。何よりいつも乗っている馬が怯(おび)えるような場面でも、猛々(たけだけ)しく立ち向かっていく。悩んだ末に、ロレンツォの厚意に甘えて黒毛の馬で闘うことにした。

「兄さん、行ってまいります」

海斗はロレンツォに挨拶(あいさつ)をしてサンタ・クローチェ聖堂に向かった。

聖堂で祈りを捧(ささ)げてから、サンタ・クローチェ広場に立つ。広場には大勢の市民が詰めかけていた。老若男女がこの試合を楽しみにしていて、広場は熱気で包まれている。出場者はそれぞれ甲冑を着込み、槍を担ぎながら馬を走らせたり談笑したりしている。

楽隊の登場があり、ボッティチェリが旗を掲げて広場に現れた。ボッティチェリはシモネッタを伴っている。フィレンツェ一の美女に、市民が湧き立った。

（シモネッタ……）

広場には壇上に席が設けられていて、そこにシモネッタが優雅に腰を下ろす。昨夜は苦しそうだったが、今日の彼女は落ち着いている。遠目にじっと見つめていると、シモネッタが気づいてそっと手を振ってきた。海斗の近くにいた男たちがその動作に色めき立ち、興奮が増していく。

「ロレンツォ・イル・マニフィコ！」

「パッレ！　パッレ！」

壇上に主催者のロレンツォが姿を現すと、観客から大きな歓声が沸いた。ロレンツォやメディチ家を称える掛け声らしい。ロレンツォは誇らしげに手を振り、観客の声に応える。

「市民の諸君よ！　騎士の闘う姿、存分に楽しむがいい！」

ロレンツォが大声を張り上げると、いっせいに拍手と歓声が起こった。ロレンツォの人気はすごい。本当の兄ではないが、海斗も誇らしい気分になった。

くじで対戦相手が決められ、試合が開始された。最初はくじで闘う相手を決めるが、次からは勝ち上がり戦だ。出場者が奇数だったので、海斗はシード扱いになっていた。若干ずるい気はするが、特に不平を言う者はいなかった。メディチ家は特別な存在で、表立って騒ぎ立てるような輩はここには存在しない。

広場の端と端にいる両者が向かい合い、槍を構えて馬を駆る。ほとんどの試合は両者がぶつかった瞬間に勝敗が決まるので、観客は一喜一憂して惜しみない拍手を送る。

次々と落馬していく騎士たちが出る中、海斗は最初の試合に挑んだ。

(落ち着いて見極めれば、大丈夫)

対戦相手は海斗より小柄な男性だった。合図と共に海斗が猛ダッシュして馬を走らせると、手綱を弛めてまごつく。闘う気がないのかと疑うくらい、あっけなく勝敗はついた。

海斗が槍を突き出すのに合わせて馬から転げ落ちていった。

(何だ、あれ)

拍子抜けして馬の速度を弛め、海斗は元の位置に戻った。観客も転げ落ちた男を見て笑っている。

(ロレンツォに何か言われたのだろうか)

あまりに弱い対戦相手に、裏工作を疑った。ロレンツォならありえる。出場するまでは弱いほうがいいと思っていたのに、いざ試合になると強い敵とやり合いたくてたまらなくなった。

自分の実力が知りたい。心がたぎるような試合をしたい。

（久しぶりだ、この感覚）

フェンシングに明け暮れていた頃の記憶が蘇り、海斗は武者震いした。試合特有の緊張感と高揚感に酔いしれる。

二戦目は長身の男との闘いだった。互いに槍を突き出し、海斗は盾で上手くかわし、相手はかわし切れずに落馬した。

「ジュリアーノ様ぁ‼」

「がんばってぇ‼」

海斗の雄姿に若い女性たちが声を張り上げて応援してくれる。海斗は手を振ってそれに応え、次々と勝ち上がっていった。運もよかったかもしれないが、何よりも黒毛の馬の動きがすごかった。飛ぶように走るというか、気迫で相手の馬を圧倒している。海斗は特に操作することもなく、乗っていればいいだけだった。この馬、かなりの名馬だ。

「いいぞ、ジュリアーノ‼」

海斗の勝利する姿にロレンツォも興奮していた。拳を振り回し、子どもみたいにはしゃいでいる。海斗はロレンツォとシモネッタに向かって優雅にお辞儀した。シモネッタはずっと心配そうに海斗を見守っている。

試合が進む中、海斗はひときわ目立った男に注目した。

海斗と同じような高価そうな甲冑をまとった男で、ガタイもよく、槍の使い方も際立っていた。

「あの男は？」

休憩の時にマノロに尋ねると、ちらりと見て小声で囁いてくる。

「あれはパッツィ家の代理人です。パッツィ家では槍の上手い男を代理として闘わせているんです。気をつけて下さい。このままだと決勝で当たりそうです。パッツィ家はメディチ家を目の敵にしているから、何が何でも勝とうとしますよ」

海斗は馬上で槍を振り回す男をじっと見つめた。男の勝利が決まり、休憩をとるために木陰に移動する。

（あれは……？）

男が兜を脱いで呼吸を整える。その横顔を見て、海斗はハッとした。目元を見た時に、分かった。あの男は海斗に襲い掛かった賊だ。

「代理人と言っていたが、素性は？」

海斗は馬に水を与えていたマノロを捕まえ、険しい顔つきで聞いた。

「さぁ……。見たことない奴です」

マノロは首を振って上目遣いになる。何とかしてあの男の素性が分からないかと、海斗は周囲を見渡した。客の中にレオナルドを見つけ、走っていって、手招きする。人込みの中からレオナルドを引っ張り出すと、パッツィ家の代理人と称する男を指さした。

「あいつが俺の命を狙(ねら)っていた奴なんだ。素性を知るいい方法がないだろうか？」

他の人に聞かれないよう気遣いながら、海斗は訴えた。レオナルドは男を見て軽く頷(うなず)き、「任せろ」と言って再び人込みの中に消えた。

レオナルドがどんな手を使うか分からないが、任せろという言葉を信じることにした。

あれがパッツィ家の代理人なら、試合にかこつけて海斗を殺そうとしても不思議はない。海斗はあの男とは真剣勝負になると気を引き締めた。

「パッレ！　パッレ！」

徐々に勝者が減っていき、残り四人となった。海斗は太った男性と対戦し、苦戦の末、勝利した。どっしりしているせいでなかなか落馬せず、怪力で槍を振り回すのであやうく吹っ飛ばされるところだった。試合時間が長引き、男の息が荒くなって動きが鈍ったので、海斗の一突きで勝てたのだ。

「いいぞ、ジュリアーノ！」

ロレンツォは海斗の勝利に満足そうだった。観客も沸き、広場にいた者たちから賞賛の拍手が送られる。

決勝相手は、予想通りパッツィ家の代理人だった。かなりの手練(てだ)れらしく、甲冑には傷一つついていない。ほとんど休憩もなく、最終試合が行われることになり、海斗は息を整えながら所定の位置に立った。客席の中にレオナルドの姿を探したが、どこに行ったか分からない。レオナルドはどうやってこの男の正体を知る気なのだろう？　しかとその目で見届けよ!!」

「諸君！　今年のイナモラータの愛を射止めるのはどちらなのか！　しかとその目で見届けよ!!」

ロレンツォの高らかな声に、おおお、と地鳴りのように客が歓声を上げる。広場はヒートアップしていて、メディチ家とパッツィ家を称える声が重なり合った。対戦相手を見ていると、槍の先に何か吹きかけているのが見える。

（まさか毒？）

海斗は顔を強張（こわば）らせて男を凝視した。男は何食わぬ顔で槍を構え、姿勢を正す。——ふいにずきりとこめかみに痛みが走った。

（こんな時に！）

海斗は兜の上から頭を押さえ、唇を噛（か）んだ。ずきずきとした疼（うず）きが頭の奥から響いてくる。同時に変な声が聞こえてきた。

『憎きメディチ……』

どこからか低く呻（うめ）くような声がする。慌てて周囲を見回したが、歓声がすごくて声の主は判別できなかった。それよりもこの歓声の中で、どうしてこの憎々しげな声が響いてくるか分からなかった。

「ブルル……ッ」

痛みが増すかと思った時、黒馬が鼻息を荒くして地面を踏み鳴らした。すると頭の痛みが薄らぎ、不快感が消えていった。

(以前もそうだったな)

最初に激しい痛みを感じた時も、乗っていた馬が暴れて痛みが薄らいだのだ。どういうことだろう？　動物は嫌な気配に敏感だから、何かを感じとっているのだろうか？

「始め！」

深く考えている暇はなく、開始の合図が鳴って、海斗は反射的に馬の腹を蹴(け)った。海斗の指示に従い、黒馬は全力で走り出す。土煙を上げて互いの馬が駆け、中央で鼻先を近づけた。男の槍が突き出される。槍の先が馬の鼻づらを狙っているのに気づき、海斗はとっさに手綱を強く引いた。

海斗の馬がいななき、前脚を高く掲げて相手の馬を威嚇する。相手の馬はその声に怯(ひる)んで上体をくねらせた。

「ちっ」

男が舌打ちして、大きく槍を振り回す。空気をかすめる音が辺りに響き渡り、海斗はそれを撥(は)ね退(の)けるように槍を突き出した。

「……っ」

男の突き出した槍を盾で受け、反対に突き返す。互いの槍が交差して宙で止まるという状態になり、海斗は息を荒らげた。

「あの時の刺客だな⁉」

海斗が怒鳴りつけると、男の気配が物騒なものに変わった。弾かれたように槍が離れ、男が距離を取ってUターンしてくる。海斗は体勢を立て直し、馬の腹を蹴った。

男の槍には毒が塗ってある。あれに触れたら危険だ。

海斗は瞬きもせずに男と槍を交えた。ふいに景色がくっきりと見え、相手の動きがゆっくりになった気がした。相手の息遣い、動作、槍が次にどこを狙っているかまで何故か瞬時に読み取れた。

(この感覚……‼)

海斗は盾で男の攻撃を阻止すると、持っていた槍を思い切り相手に叩きつけた。甲冑の隙間、繋ぎの部分に、正確に槍の先を指し込んだ。海斗はわずか一ミリほどの隙間を狙うことができたのだ。傍から見れば、ただの偶然、運がよかっただけと思うだろう。けれど海斗は、その行動を狙ってやってのけた。

「ぐああっ‼」

海斗の槍は男の脇腹に当たった。先端が鎖帷子に当たった感触があった。たまらずに男が馬から落ち、どうっと土煙を上げる。——海斗の勝利だ。

ひどく不思議な、特殊な感覚があった。命を賭けた試合で、ゾーンに入ることができたのだ。頭痛というアクシデントがあったにもかかわらず、フェンシングの試合ではどうしてもできなかったことが、今この場でできた。すべての感覚が研ぎ澄まされ、最強の一手を出せた。

「あなたは俺より力があるのに、何故そんな卑怯な真似をする」

海斗は男を馬上から見下ろして、厳しい声音で問うた。男が口惜しげに海斗を見上げ、槍を握りしめる。

「パッレ！　パッレ!!」

我に返ると、広場中の観客がジュリアーノの勝利を褒め称えていた。特にロレンツォは雄叫びを上げて喜んでいる。海斗は息を整え、兜を脱いだ。汗ばんだ肌が心地よかった。視界の隅に、男が槍を摑んだまま目を光らせているのが見えた。

「やめろ。神聖な試合を汚すな」

海斗は観客に手を振ったまま、低い声で呟いた。男の気力が萎えていくのが空気を通して伝わってきた。男が何者か知らないが、海斗を憎んで殺そうとしているわけではないとは分かった。きっとパッツィ家に頼まれてやっているのだろう。

馬上槍試合は海斗の優勝で終了した。

海斗は壇上に上がり、声援の中、シモネッタから祝福を受けた。シモネッタは瞳に涙を溜めて、海斗に勝利の口づけをした。海斗はシモネッタの前に跪き、その白くほっそりとした手の甲に心を込めてキスをする。

「素晴らしい試合でした。あなた様のお姿に、胸がいっぱいになりました」

シモネッタは微笑みを浮かべて海斗に勝利の兜を授ける。羽根のついたきんきらの兜は被るのを躊躇する成金ぶりだったが、海斗はこれもパフォーマンスと思い、笑顔で頭に被った。

「さすが、我が弟よ！　皆の者、我が弟、ジュリアーノだ！　騎士の中の騎士、女神の愛を手に入れた者だ！」

ロレンツォは海斗の肩を抱き、大声で叫ぶ。客席から大喝采が起き、海斗は壇上で拳を上げた。本当はもっとシモネッタと話したかったが、仕方ない。シモネッタも笑顔で海斗に拍手を送る。

「勝利を祝おう！」

ロレンツォはそう言ってどこから持ち出したか知らないが酒を掲げてくる。今夜は祝宴だと笑い、喜びにあふれた声で歌い始めた。


その夜は海斗の勝利を祝してメディチ宮殿では夜遅くまで祝宴が設けられた。

シモネッタと夫のマルコも招待され、海斗は初めてシモネッタの夫を見ることになった。凡庸な、と言ったボッティチェリの言葉が示すように、顔も身体もとりたてて目立つところのない男だった。不細工ではないが美形でもなく、中肉中背、声もふつう、次に会った時に顔を忘れてしまいそうな印象の薄い男だ。けれどシモネッタを愛していることは海斗にも分かった。美しい妻が自慢で、それだけでいいと口にしている。

マルコと会って、海斗は内心胸が苦しくてたまらなかったが、表向きは平静を装った。祝宴に呼ばれたボッティチェリは、海斗の心を知ってか知らずか、楽しげに騒いでいる。

「レオナルドを見ませんでしたか？」

海斗は騒がしい席の中、ボッティチェリに問いかけた。

「いいや。あいつは途中から見なくなったよ」

ボッティチェリは出された数々の豪勢な料理に舌鼓を打っている。飲むのも食べるのも大好きなボッティチェリは、宴を愉しんでいるようだ。

海斗はそっと席を立ち、中庭に移動した。何となく予感があったのだが、案の定、レオナルドがそこで待っていた。

「いい頃合いだ。ちょうどできた」

レオナルドは丸めた羊皮紙を海斗に手渡す。中を開けて驚いた。海斗の対戦相手の男の似顔絵がそこに描かれていたのだ。

「あの男の人相を描き込んでおいた。この先探るのに役立つだろう?」

似顔絵を残すとは、レオナルドの機転に脱帽した。まさにレオナルドならではのやり方だ。

「ありがとう、助かるよ」

「あいつは試合が終わると、パッツィ家の者と話していた。ひどく怒られていたようだね、殴られていたみたいだ」

レオナルドの証言に、気が重くなった。あの男は金で雇われたのだろうか? 呪術師(じゅじゅつし)ではないだろう。変な呪文(じゅもん)を唱えることもなければ、呪(のろ)いをかけている様子もなかった。憎きメディチ、という言葉が聞こえてきたが、あの男の口から出ているとは思えなかった。あれは別の人物が、海斗に向けて放った言葉だ。

パッツィ家はあらゆる刺客を海斗に向けているということなのだろうか。そこまでして海斗の命を狙うなんて、メディチ家に対する恨みは相当根深いに違いない。

「優勝おめでとう。素晴らしい闘いぶりだったよ。君に頼まれたことがなければ、心ゆくまで君の姿を描きたかったものだが」

レオナルドに皮肉っぽく笑われ、海斗は「出来レースだって言ってた人がいたよ」と苦笑した。

「そういう試合もあったが、最後の試合はいい試合だった。何というか……最後の試合の時はいつもと違う様子というか……」

レオナルドは顎に手を当てて呟く。

「分かるかい？　俺も最後の試合はいい感じだった。ドーパミンが出るっていうかな、って言っても分からないか。すごい集中できて、自分が持っている以上の力が出た」

海斗は試合を振り返り、熱く語った。

「シモネッタのために？」

レオナルドが唇の端を吊り上げて笑う。

「……馬鹿な男だと思うだろう？　彼女のこと、何も知らないのにこんなに好きになって。俺はこの世界の住人ではないのに」

海斗は騒がしい声が聞こえる広間に視線を向けた。

「昨夜、彼女がここへ来たんだ。俺はこれ以上彼女と会ってはいけないと思うと同時に、彼女をどこか遠くへ連れ去りたいと願ってしまった。自分がこんなに情熱的な男だったなんてびっくりだよ。どちらかというと冷めている人間だと思っていたのに」

柱にもたれかかり、海斗は自嘲気味に呟いた。

「君が冷めている人間？」

呆れたようにレオナルドに笑われ、海斗は軽くその腕に拳を当てた。

——この世界に連れてこられてからだ。テレビもラジオもないこの時代なのに、日々新しいことを知り、好奇心を刺激されている。充実している。フェンシングをやめて無為に日々を過ごしていた頃が、今では嘘みたいだ。

「俺は今、楽しんでいるんだよ」

海斗ははにかんで言った。

もちろん一刻も早く自分のいた世界に戻りたい。何よりもこのままここにいたら死の危険がある。けれどここには海斗のいた時代にはないものがたくさんあった。不便で大変なことはいっぱいあるが、それを上回る充足感がある。朝、冷たい井戸の水で顔を洗うことも、暖炉の火の温かさを知ることも、馬で移動することも、慣れてくると生きている実感があっていいと思えてきた。

「そうか……」

レオナルドが小さく笑って視線を逸らした。その表情に何か言いたいことがあるのではないかと勘づき、海斗は覗き込んだ。

「どうした？　何か言いたいことがあるなら言ってくれ」

レオナルドを見つめると、少し困ったように目を伏せる。

「君の本当の名前は何というんだ？」

小声で聞かれ、海斗はそう言えば明かしていなかったと頭を掻いた。

「海斗だ」

「カイト……変わった名だな」

レオナルドは海斗の名前を何度か呟き、ふっと吐息をこぼす。

「……彼女だぞ」

レオナルドは何か言いかけたのをやめて、海斗に肘を突いた。振り返るとシモネッタが帰り支度をしてマルコといた。もう帰るのか。海斗は寂しい気持ちを抑えて、シモネッタたちに近づいた。マルコが気づいて海斗に手を差し出す。

「今宵はお招きありがとうございます。素晴らしい試合でした」

マルコは海斗と握手して、にこにこと笑う。シモネッタはマルコの隣でそっと微笑んでいた。マルコと一緒では、込み入った話もできず、海斗は愛想笑いを浮かべて二人を見送った。表には馬車が待っていて、見送りに出たロレンツォとマルコが抱き合って別れを惜しんでいる。

「ジュリアーノ様、昨日の私の言葉、忘れないで下さいね」

シモネッタはすれ違いざまに海斗にそう告げた。シモネッタの心が自分にあると思うだけで気分は高揚し、熱い想いが湧き出た。シモネッタにこの気持ちが伝わるようにと熱く見つめたが、馬車に乗り込むシモネッタは悲しげな瞳で海斗を見ている。

不意に、胸がざわめいて馬車を止めたくなった。

何故だろう？　シモネッタの瞳を見ていたら、このままもう会えないんじゃないかという気がしてならなかったのだ。

シモネッタの悲しみが伝染したのだろうか。海斗は首を振ってそれを打ち消した。

「お気をつけて」

海斗は閉じられた馬車の小窓に向かって囁いた。御者が鞭を振るい、馬車が走り出していく。海斗は馬車が小さくなるまでずっとその場に佇んでいた。

海斗の不吉な予感は当たっていた。

のちに知ることになるのだが、シモネッタは翌日、高熱を出して倒れた。

この夜が、生きているシモネッタと会えた最後の日だったことを、海斗はこの時、知る由もなかった。


その夜、海斗は深い眠りに落ちた。命を賭けた試合に勝ったことで気分は高揚していたが、身体は疲弊していたようだ。身体がひどく重く感じられ、どんどん沈んでいく夢を見た。

夢の中で、海斗は麗華とフィレンツェの街並みを歩いていた。

どこかの観光名所を巡っていた時のことだ。美しくきらびやかな絵画が壁一面に飾られた部屋にいた。天井もすべて装飾が施され、広い部屋ではないが贅を尽くした部屋だと感嘆した。

『ねぇ、見て。お兄ちゃん』

麗華がガイドブックを見ながら海斗に声をかける。絵に見惚れていた海斗は、「ん」と生半可な返事をした。

『この人、若くして亡くなったんだって』

大勢の人物が描かれた絵を見るのに夢中で、麗華の話は上の空で聞いていた。麗華は若くして亡くなったという誰かについて語っている。可哀想にという言葉と、ロレンツォの……という言葉が耳に入ってくる。

『ねぇ、お兄ちゃん』

麗華がガイドブックを広げて、海斗の背中に身体を寄せてきた。

『この人、お兄ちゃんに似てない？』

――海斗は叫び声を上げて、眠りから覚めた。

部屋の中は薄暗く、ベッドには海斗一人が横たわっていた。身体中、汗びっしょりで、鼓動がすごい勢いで鳴っていた。荒い息を吐き、海斗は自分の濡れた額を袖で拭った。

夢の中で麗華と歩いていた。あれは実際に起きた出来事ではないが、会話自体はどこかでしたものだというのを思い出した。

イタリアの歴史書を見ていた際に、麗華が『この人、お兄ちゃんに似ている』と言ったのだ。見せられた肖像画はあまり海斗に似ているとは思わなかったが、夢を見て記憶が蘇った。

（そうか、そういうことだったのか）

海斗は背筋に震えが走り、思わず自分の身体を抱きしめた。

ジュリアーノに関して思い出そうとしても、何も浮かんでこなかった。ジュリアーノが名を残すようなことをしなかったからだと考えていたが、夢を見て別の理由があることに気づいてしまった。

――ジュリアーノは若くして亡くなったのではないだろうか？

だから歴史に名を残すこともできず、消えていった。そう思ったとたん、関連して別の記憶も蘇った。レオナルドに何げなく漏らしたパッツィ家の処刑の話――あれこそ、重要な話だったのではないか。仮にジュリアーノがパッツィ家に殺されたとしたら、それこそ処刑の対象になるのではないか。

ジュリアーノが若くして亡くなったとしたら、海斗はどうなるのだろう？　歴史と同じようにジュリアーノの代わりとなって死んでいくのか。

（そんなことはごめんだ。俺はまだ死にたくない）

もし歴史の通りになるとしたら、どうにかしてそれを阻止しなければならない。そう思う一方で、歴史の通りに死ななければ、この先の歴史はどうなってしまうのだろうと混乱した。

第一、海斗はジュリアーノの死に関する情報を知らない。どうやって亡くなったのか、事故なのか、殺人なのか、何も思い出せない。

(何だかおかしい、妙だ)

ジュリアーノの死に関する記憶を懸命に呼び起こそうとして、海斗は自分自身に疑問を抱いた。ロレンツォに関する話は何となく覚えているのに、若くして亡くなった彼の弟に関する記憶が欠けているのが奇妙に思えてきたのだ。まるで誰かにごっそりそこだけの記憶を抜かれたようじゃないか。

ジュリアーノの人生を過ごしている海斗は、彼がどれだけ人気があるか知っている。そんな彼が若くして亡くなったとしたら、大きな事件になったはずだ。弟を溺愛するロレンツォは怒り狂うだろうし、市民も嘆いたはずだ。馬上槍試合での市民の熱狂を思えば、歴史に何も残らないなんておかしい。

もしかしたらジュリアーノに関する記憶が自分の中に眠っているのではないかと海斗は考えた。理由は分からないが、自分の記憶が封印されている。そう考えるのは穿ちすぎだろうか？

海斗は気持ちを落ち着けようと、ベッドから抜け出て冷たい床に足をつけた。

指の腹で額をごしごし擦(こす)り、この先に起きる出来事への不安を消そうとした。もし神がいるとしたら、海斗をこの場に呼び出して何をさせるつもりなのだろう。自分はジュリアーノではないのに。

心は定まらなかった。この先どうすればいいのか、皆目見当もつかなかった。出口の見えないトンネルに放り出されたようで、途方に暮れるばかりだった。

7　入れ替わりの男

柏木麗華（かしわぎれいか）は大粒の涙をこぼして兄の海斗（かいと）を覗（のぞ）き込んだ。

夏休みに母の実家があるイタリアに旅行に来たのは三日前のことだ。麗華の兄である海斗は長い間フェンシングをやっていて、夏休みも冬休みも練習に明け暮れていた。そんな兄がフェンシングをやめたと言い出したのが初夏だった。

「俺もイタリアに行くよ」

夏休みの話をしていた時にさらりと言われ、麗華は不謹慎ながらも喜んでしまった。

麗華にとって兄は大好きな存在だ。美形で、学業優秀、スポーツ万能、背も高いし、女性に優しくて、友達皆から羨（うらや）ましいとため息を吐かれる。小さい頃から兄と結婚できたらいいのにと思っていたくらい、大事な人だ。兄に彼女ができるたび、どれだけ嫉妬（しっと）の炎を燃やしてきたかしれない。

兄がフェンシングに打ち込んでいたのは知っていたので、今年の夏休みも合宿があるのだろうと思い込んでいた。付属の大学に進む予定の兄は、たいして勉強する必要もないほど頭がいい。その兄が、フェンシングをやめてしまった。麗華も家族も皆驚いたし、理由を問うた。

「怪我はいいきっかけになったよ」

兄はそう言うばかりではっきりした理由は明かさなかった。問い質しても本音を言う兄ではないことは分かっている。麗華は深く問うのはやめて、純粋に兄といられることを喜んだ。

フィレンツェでは兄と一緒にあちこちを見て回った。兄と歩いていると誇らしかったし、楽しくてたまらなかった。

そんな時だ、ひったくりに遭ったのは。

バッグを奪われた女性を見かねて、麗華は兄に犯人を捕まえるよう頼んだ。今考えれば馬鹿だった。警察に任せるようなことを何故兄に言ってしまったのか――。

兄はヴェッキオ橋で犯人を追い詰めた。けれど切羽詰まった犯人は兄を摑んだまま、一緒にアルノ川に落ちてしまった。

「お兄ちゃん！」

遠目からそれを見ていた麗華は悲鳴を上げた。とはいえ、この時点ではまだ麗華には余裕があった。季節は夏で、兄は泳ぎが得意だ。服を着た状態では上手く泳げないとしても、岸まで辿り着くことは容易に思えた。実際、兄が浮かんできて、麗華に手を振ったのも目撃した。ところが、問題はその後起きた。

川から上がった兄が、撃たれたのだ。撃ったのがひったくり犯だったのかどうかは麗華には分からない。状況的にひったくり犯だろうと思うが、警察ははっきり教えてくれなかった。麗華が聞いたのは、銃声だけだった。

麗華は真っ青になって倒れている兄のもとに駆けつけた。兄の周囲には人だかりができていて、邪魔な人をかき分けて兄にすがりついた。

「お兄ちゃん……？」

そして異様な事態に呆然(ぼうぜん)とした。

兄が奇妙な格好をしていたのだ。さっきまでTシャツとジーンズというラフな格好だったはずなのに、目の前で倒れている兄は中世の時代の衣装を着ていた。一瞬何かの冗談かと思ったが、兄の頭から血が流れていて動揺した。

（何なの？　これ、お兄ちゃんなの？）

顔はどう見ても兄だが、衣服は濡(ぬ)れていないし、髪形も少し違う。何よりも剣を腰につけているのが違和感だった。

麗華は救急車が来るまで、ずっと辺りをきょろきょろしていた。もしかしたら兄は違う場所にいるのではないかと思ったのだ。けれど周囲には兄らしき人はいない。近くにいた人たちも、他に誰もいなかったと言っていた。肝心のひったくり犯は、屈強な男たちが捕まえて押さえ込んでいる。

　苦痛を訴えるように兄の口から呻(うめ)き声が漏れる。麗華はようやくやってきた救急車に安堵(あんど)して、違和感を覚えながらも兄に付き添って車に乗り込んだ。


　兄の怪我(けが)は銃で撃たれたものではなかった。医師の話では、高いところから落ちて頭を打ったというものだった。検査した結果、脳波に異常はなく、意識が戻ったら一日入院して帰してもらえるということだった。

　麗華の連絡で両親と祖母が病院に駆けつけ、ぐったりしている兄を見て涙を流した。病院のベッドでは兄は白い入院着を着ている。医師から兄が着ていた衣装を渡されたが、やはり現代のものとは思えなくて困惑した。兄はどこかで貸衣装でも身にまとったのだろうか？　あんな短時間に衣装を替えられるなんて、どんな手を使ったのだろう？　数々の疑問が湧(わ)いて出たが、とりあえずは兄の意識が戻るのが優先だった。

　兄が目覚めたら、まずは謝ろう。麗華はそう決めていた。麗華のわがままのせいで、とんでもないことになってしまった。無事でよかったが、もし後遺症でも残ったら大変だ。

　兄の意識が戻った時、偶然にもベッドの傍(そば)には麗華しかいなかった。両親は医師と話し

ていて、祖母はトイレへと出払っていた。

兄の長いまつげが震えたのを見て、麗華は感極まって覗き込んだ。

「お兄ちゃん、分かる⁉　麗華だよ！」

医師からは頭を打っているので記憶が混濁することもあるかもしれないと言われていた。だから麗華は涙目で兄を見つめた。

兄の瞳が開いて、じっと麗華を見つめ返す。

「美しい人、ここは天国ですか？　あなたは俺の女神？」

イタリア語で呟かれ、麗華は「は？」と目が点になった。兄の手が伸び、麗華の頬を捉え、引き寄せられる。

いきなりキスされそうになって、麗華は反射的に兄の頬を引っぱたいてしまった。兄がぽかんとした顔で頬を押さえる。

兄と瓜二つの顔、声、瞳——だが、麗華には目の前の男が兄ではないことが分かった。兄は間違ってもこんなことしない。天地が引っくり返っても、麗華に甘い言葉など漏らさない。

「あ、あ、あ……あんた誰よ⁉」

麗華は病室中に響き渡る声で叫んでいた。何が起こっているかまったく分からなかった。兄であって兄ではない男が自分を見ている。しかも麗華にはよく分からないイタリア語でずっとしゃべりかけてくる。

「……俺の名前はジュリアーノ。ジュリアーノ・デ・メディチ。天国に来たのは初めてだが、こんなふうになっていたとは」

ジュリアーノと名乗った男は、病室を見回して感心したように告げる。

麗華は開いた口がふさがらず、呆然と立ち尽くすのみだった。

あとがき

こんにちは&はじめまして。花夜光(はなやひかり)です。

今回の話は編集さんサイドから「メディチ家とかどうですか?」と言われ、作ったものです。最初はそんな難しそうなの書けるわけがないと思ったのですが、どうにか形になりました。適当な人間が作ったものなので、歴史にくわしい方がいたら穴ぼこだらけだと思います。広い心で読んでくれると嬉しいです。

今回の話はタイトルにある通り、レオナルドを大プッシュしています。レオナルドをいかにかっこよく書くかに重きを置いてます。世間一般のイメージは賢者ふうのレオナルドだと思うのですが、絶対に若い頃は美形だったはず。美形で変人。私の大好きなタイプです。

主人公をどういう性格にしようか迷ったのですが、優等生タイプにしてみました。ドジっ子系のほうが本当はよかったのかもですが、入れ替わるジュリアーノがイケメンだったらしいという事実があったのでこうなりました。優等生なんでけっこう大変なことも一人で乗り越えちゃって、ちょっと失敗したかなぁと書き終えた後で思いました。

フィレンツェは面白い街ですね。飛行機が嫌いなんで行ったことはないですけど、昔の建物があちこちにあって想像しやすいです。

イラストを描いて下さった松本(まつもと)テマリ先生、美しくてかっこよい表紙をありがとうございます。まだ本文絵は見ておりませんが、松本先生の描く男子が好きなので仕上がりを楽しみにしております。

編集さま、的確なアドバイスありがとうございます。精進しますのでよろしくお願いします。

読んで下さる皆さま、ありがとうございます。二冊目でいろいろ明らかになるので次もぜひ読んでほしいです。感想などありましたらお聞かせ下さい。お待ちしてます。

ではでは。次の本で出会えるのを願って。

花夜光

『ダ・ヴィンチと僕の時間旅行』、いかがでしたか？

花夜光先生、イラストの松本テマリ先生への、みなさまのお便りをお待ちしております。

花夜光先生のファンレターのあて先

〒112-8001　東京都文京区音羽2-12-21　講談社　文芸第三出版部「花夜光先生」係

松本テマリ先生のファンレターのあて先

〒112-8001　東京都文京区音羽2-12-21　講談社　文芸第三出版部「松本テマリ先生」係

N.D.C.913　214p　15cm

花夜光（はなや・ひかり）
6月2日生まれ。ふたご座。犬好き。
趣味はワンコと遊ぶこと。

講談社X文庫

white heart

ダ・ヴィンチと僕の時間旅行

花夜光

●

2018年6月4日　第1刷発行

定価はカバーに表示してあります。

発行者――渡瀬昌彦
発行所――株式会社 講談社
東京都文京区音羽2-12-21 〒112-8001
電話 編集 03-5395-3507
販売 03-5395-5817
業務 03-5395-3615
本文印刷－豊国印刷株式会社
製本―――株式会社国宝社
カバー印刷－半七写真印刷工業株式会社
本文データ制作－講談社デジタル製作
デザイン－山口　馨

ISBN978-4-06-511757-6

ホワイトハート最新刊

ダ・ヴィンチと僕の時間旅行

花夜光　絵／松本テマリ

男子高校生が歴史の大舞台へタイムリープ。高校生の柏木海斗は母の故郷フィレンツェで襲撃され、水に落ちた。……と思ったら、次に目覚めたとき、五百年以上昔のメディチ家の男と入れ替わっていて!?

幽冥食堂「あおやぎ亭」の交遊録

――水の鬼――

篠原美季　絵／あき

路地裏に佇む不思議な食堂「あおやぎ亭」。端正でどこか古風な店主と「死者の魂」が見えるバイトの下を訪れる人たちには、それ相応の理由があった。寿命を当てる占い師に明日、命を落とすと告げられた女性が「最後の晩餐」をとやって来るが……。

恋する救命救急医

永遠にラヴィン・ユー

春原いずみ　絵／緒田涼歌

もう二度と……おまえを失いたくない――。篠川の恋人であり同居人の賀来が新店舗の準備で多忙になり、すれ違いの日々が続いていた。そして、久しぶりに自宅で夕食を共にした夜、賀来が倒れてしまい――!?

黒き覇王の寡黙な溺愛

北條三日月　絵／白崎小夜

私のすべてを、所有してほしい。記憶を失った状態で国王・レオンに保護された少女リリィは、寵愛を一身に受け離宮で穏やかに暮らしていた。けれど、レオンから妃にしたいと言われて――。

ホワイトハート来月の予定（7月3日頃発売）

ブライト・プリズン　学園の薔薇と秘密の恋 ･････････････ 犬飼のの
とりかえ花嫁の冥婚　偽りの公主 ･･････････････････ 貴嶋 啓
千年王国の盗賊王子　聖櫃の守護者 ････････････････ 氷川一歩
無垢なる花嫁は二度結ばれる ･･････････････････････ 火崎 勇

※予定の作家、書名は変更になる場合があります。